Hermann Hesse

헤르만 헤세

Hermann Hesse

헤르만 헤세

베른하르트 첼러(Bernhard Zeller) 지음

박광자 옮김

대한민국, 서울, 학이시습, 2024

옮긴이의 말

헤르만 헤세의 작품 대다수가 우리나라에 번역되어 나왔고, 문학을 좋아하는 사람이라면 그의 책을 서너 권쯤 안 읽은 사람은 거의 없을 것이다. 그런 의미에서 헤세의 전기를 번역해 보는 것이 의미 있으리라 생각해 헤세 탄생 100주년이던 1977년에 이 작품을 번역했다.

그리움과 정처 없는 방황과 고독과 향수를 이야기하는 헤세의 초기 시는 음악성으로 가득 차 있으며, 매혹적인 음향과 마술적 분위기로 가득하다. 그것은 소년기의 우울한 몽상, 스쳐 지나가는 단편의 영상, 눈앞에 전개되는 한 폭의 자연, 이런 것들이 싹트고 자라고 익어서 하나의 작품이란 열매로 영글었기 때문이다.

이 대가의 죽음으로 해서 한 시대의 유랑인의 고뇌는 끝이 났다고 하겠지만 그가 그린 작중 인물들의 괴로움은 영원히 끝나는 날이 없을 것이다.

그는 영원한 구도자이며 탐구자였다. 왜냐하면 헤세의 자기 모색의 고뇌는, 보다 근원적인 데 그 뿌리를 둔 괴로움이었기 때문이다.

헤세를 좋아하는 사람들이 그의 문학 세계를 깊이 이해하는 데 도움이 되었으면 좋겠다. 텍스트로는 전기로 유명한 로볼트(Rowohlt) 출판사의 《Bernhard Zeller: Hermamn Hesse. In Selbstzeugnissen and Bilddokumenten》을 사용했음을 밝혀 둔다.

박광자

차 례

편집자 일러두기

- 이 책은 옮긴이 박광자가 1989년 행림출판에서 출간한 것을 복간한 것입니다.
- 주석은 모두 독자의 이해를 돕기 위해 옮긴이가 단 것입니다.

헤르만 헤세(Hermann Hesse, 1877~1962)

Dutch National Archives, The Hague, Fotocollectie Algemeen

Nederlands Persbureau(ANEFO)

출생과 소년 시절

> 내 얘기를 하자면 아득한 옛날부터 시작해야 한다. 할 수만 있다면 훨씬 더 거슬러 올라가 소년 시절의 초기부터, 아니 더 멀리 조상 때 이야기부터 시작해야만 할는지도 모른다.

《데미안》은 이런 문장으로 시작되고 있다. 헤르만 헤세에 대해 얘기를 할 때에도 아득한 옛일부터 시작하는 것이 좋으리라는 생각이 든다. 출생이나 소년 시절, 젊은 시절, 그런 것들이야말로 그의 창작이나 사상 면에 계속 강한 영향을 끼쳐 왔기 때문이다.

초기작인 《헤르만 라우셔(Hermann Lauscher)》에서 헤세는 "작가들은 다른 사람들보다도 더 어린 시절의 생활에 집착하고 있다"라고 말하고 있는데, 헤세 자신도 소년 시절의 각성, 청춘의 경험과 고민, 성인이 되면서 느껴야만 했던 갈등에 관해서 그의 작품 곳곳에서 이야기하고 있다. 소년 시절의 심리 상태에 관해 헤세만큼 많은 관심을 가진 작가도 드물고 교육이나 인간 형성의 문제를 그만큼 중요하게 작품의 중심에 놓은 작가도 드물다.

노년에 이르러서도 헤세는 계속 자기가 자라 온 작은 고향 세계와 그 성스럽던 세계를 그리워했고, 작품마다 부모와 조부모와 선생과 친구, 다리와 강과 낡은 박공지붕의 집들로 가득 차 있는데 그것들은 어떤 전기 작가도 더 아름답게, 열정적으로, 세밀하게 묘사해 낼 수 없을 정도로 완벽하다. 실스마리아에서 요양 중이던 여든 살의 헤세는 무슨 생각을 하든지 결국은 그가 태어난 고향으로 생각이 귀결되기 일쑤였고, 그곳의 집들을 하나하나 기억해 내려고 애쓰고 있었다.

"앨범의 페이지를 넘기고, 추억하고, 명상을 하고, 이전에는 그냥 지나쳐 버린 보물과도 같은 풍경을 정리하는 것"이 노년의 그에게는 새삼스러운 발견과 재인식의 유쾌함을 가져다주는 일종의 놀이가 되었다.

그러나 소년 시절과 청춘 시절에 대한 이러한 회상은 '햇빛 찬란했던 과거'에 대한 유쾌한 놀이만은 아니었다. 한편으로 그것은 경험과 체험의 세계를 구상화하고 작품화하는 창작 활동이기도 했다. 그는 말한다. "내 작품 테마는 내가 경험해서 잘 알고 있으며, 그 진실과 성실함과 현실성을 보증할 수 있는 인간성이나 사랑이나 본능 또는 숭고한 생을 묘사하는 일이다."

헤세의 작품은 자화상이며 자아 분석이며 자기 자신과의 부단한 토론이다. 그것은 20세기 문학에서는 거의 찾아볼 수 없는 시적이며, 인간적인 자기 고백이다. 헤세는 의식적으로 자기의 환경이나 인생의 경험으로부터 그릴 수 있는 것만을 작품에 쓰고 있다. 그는 역사 소설이나 시대 소설은 하나도 쓰지 않았다. 또한 그는 요원한 것이나 먼 세계를 찾아 헤매지 않았으며, 멋대로의 환상 속에서 작품을 꾸며 내려고 애쓰지도 않았다.

그는 현대의 사회 문제에 대해서 많은 관심을 갖지 않았고 현대의 인간 문제에 관해서만 관심을 쏟았다. 자기 자신의 문제에 몰두해 개인적인 삶의 측면을 캐면서 그는 자서전적인 내면세계의 영역에서 그 한계를 넘어섰고, 개인적인 지적 또는 정신적 상황을 해명함으로써 우리 시대의 일반적인 상황을 해명하고 있다.

헤세는 일기나 회고록을 하나도 남기지 않았으며 〈짤막한 이력서(Kurzgefaßten Lebenslauf)〉와 〈마술사의 어린 시절(Kindheit des Zauberers)〉의 간단한 자서전적인 스케치를 제외하고는 자신의 생활에 관한 글을 남겨 놓지 않았다. 그러나 그의 수많은 단편이나 회상의 글, 수필, 편지, 그림책, 꿈의 여행 등은 모두 그의 인생의 기록들이다. 《요양객(Kurgast)》과 《뉘른베르크 여행(Die Nürnberger

Reise)》은 완전히 자신의 경험을 얘기한 것이고 대부분의 시와 거대한 산문들 역시 커다란 자화상의 한 조각이며 체험의 부스러기들이다. 거기엔 거의 출처를 부가할 필요도 없다. 헤세의 외적 또는 내적 사건들은 작품들로부터 그대로 추론해 낼 수 있을 정도다. 그만큼 그것들은 서로 긴밀하다.

헤르만 헤세는 1877년 북부 슈바르츠발트에 있는 작은 도시 칼프에서 출생했다. 아버지 요하네스 헤세는 1847년 에스토니아에서 의사의 아들로 태어났고, 어머니 마리 군데르트는 선교사의 딸로 1842년 인도에서 출생했다. 헤세 일가는 발트해 연안에 살던 독일 혈통이었고, 군데르트 일가는 슈바벤 혈통이었다. 그렇지만 외할아버지 군데르트는 웰시계 스위스인 여자를 아내로 맞이하고 있었다. 두 집안이 만나게 된 것은 바젤에서였고, 선교 사업 때문이었다. 외할아버지 군데르트와 헤세의 어머니 마리 군데르트의 첫 남편 카를 이젠베르크 두 사람은 선교사였는데 헤세의 아버지 요하네스 헤세와 마찬가지로 선교 사업 때문에 고향을 떠나온 사람들이었다.

헤르만 헤세는 양쪽 할아버지의 이름을 따서 헤르만이란 이름을 갖게 되었다. 두 할아버지가 모두 그에게 강한 영향을 끼쳤는데, 1896년에 아흔네 살로 세상을 떠난 친할아버지를 직접 만나 본 적은 없었다. 헤세는 이렇게 술회하고 있다.

> 내가 소년이었을 때 들은 얘기 중에서 가장 아름다운 얘기는 아버지가 들려주시던 아버지 자신에 관한 얘기와 고향 바이센슈타인에 관한 것이었다. 나는 친할아버지를 직접 만나 본 적도 없고, 그분이 살던 마을이나 단풍나무와 녹색 벤치가 있던 저택을 직접 본 적도 없지만 내가 실제로 본 수많은 도시나 어떤 곳보다도 그 곳에 대해 훨씬 더 잘 알고 있다. 나는 역사에 대해서 관심이 없고 조상들에 대해서도 별 흥미가 없지만 그 훌륭한 할아버지와는 특별히 가깝게 느끼고 있다.

선조가 뤼베크 출신이었던 카를 헤르만 헤세 박사는 지방청의 의사였으며 제국 러시아의 영사였다. 조카딸인 모니카 후니우스는 그를 아주 유쾌하고 근면하고 사교적이며 신앙심 깊은 사람으로 회상하고 있다.

할아버지가 쓴 회고록의 사본을 갖고 있던 헤세는 작품 《의사들에 대한 기억들(Ein paar Erinnerungen an Ärzte)》을 통해서 만년에 이르러 이 할아버지를 다시 한번 추억하고 있다. "연세가 많을 때까지도 할아버지는 젊고 정력적이고 쾌활하고 경건하고 원기 왕성했다. 여든세 살 때 그분은 나뭇가지를 자르려고 나무에 올라갔다가 톱을 쥔 채로 떨어지셨는데도 조금도 다치지 않았다. 할아버지는 고향 바이센슈타인에 고아원을 세우셨고 축제 날이면 라인 포도주로 축배를 들었고, 운문으로 즉석연설도 할 줄 알았고, 언제나 기도 시간을 엄수했으며 가진 것을 모두 가난한 사람들에게 나눠 주셨다. 그분은 '적선 잘하시는 박사님'으로 사람들에게 알려져 있었고, 연로하실 때까지도 생명력과 생활의 기쁨, 신에 대한 신뢰와 권위, 그리고 사랑으로 빛나고 있었다."

헤세의 외할아버지인 헤르만 군데르트 박사는 가문을 이어 뷔르템베르크 교회사에 괄목할 만한 위치를 차지했던 인물이었는데 벵겔파 경건주의로 개종했다. 그의 이러한 개종은 괴로운 내적 갈등을 통해서 이루어졌다. 외할아버지는 재주 있는 젊은 신학자로서 괴테 문학에 심취했고 '거위의 깃털을 펜대로 마술피리의 피아노 편곡을 손수 베낀' 인물이었는데, 마울브론 신학교에서는 다비트 프리드리히 슈트라우스*의 절친한 제자였다. 손자 헤세 할아버지가 열아홉 살이던 1833년에 썼던 시를 그의 짤막한 회고문 〈할아버지〉라는 글 속에 발표했다. "전문가라면 누구나 이 시가 헤겔과 인도에서 강한 영향을 받았으며 휠

덜린(1770~1843)과 흡사한 정신을 가지고 있음을 발견할 것이다. 이 멋진 시를 썼던 할아버지는 그 뒤로는 이런 시를 쓰지 않았다. 청춘기의 독창적인 이 시는 그분의 생애에 가장 격정적이며 위험스러운 시절에 씌어졌는데 열정적인 경건주의자였던 그분이 인도에서 선교하면서 생애를 보내기로 결심하기 직전에 쓴 것이다."

1836년에 헤르만 군데르트는 선교사로서 마라발 해안에 도착했고 경건주의파 선교사의 선구가 되어 그 후 오랜 세월을 동양의 더운 나라 인도에서 보내게 되었다. 거기서 그는 이후 아내가 될 유리 뒤부아를 만났는데, 그녀는 프랑스어를 사용하는 노히아텔의 포도 재배 가문으로서 금욕적이며 엄격한 칼뱅교도였고 불타는 열정을 가지고 선교에 종사하고 있었다. 인도에서 돌아온 뒤 외할아버지 군데르트는 칼프의 출판사에서 운영을 맡았다. 그는 선교 잡지를 편집했고, 유럽어와 아시아어에 대해 훌륭한 지식으로 35년간 오늘날까지도 인도어 연구에 가장 중요한 책

* David Friedrich Strauss(1808~1874) : 19세기 종교 서적 중에서 가장 센세이셔널한 종교 서적 《예수의 생애(Das Leben Jesu)》를 쓴 독일의 신학자 · 철학자.

으로 손꼽히는 《말라얄람어 사전》을 만드는 데 노력을 바쳤다. 헤세는 《마술사의 어린 시절》에서 "외할아버지는 얼굴에 덮인 흰 수염처럼 온통 신비의 숲으로 뒤덮여 있었는데, 눈에서는 세계고(世界苦)와 즐거운 슬기가 교차하고 있었고, 고독한 지혜와 신적(神的)인 짓궂음도 보였다" 라고 얘기하고 있다. "내가 열여섯 살 때 돌아가신 외할아버지를 통해서 나는 인간에 대해 훌륭한 이해심을 가진 노인의 슬기를 보았을 뿐만 아니라 신앙심이나 신의 나라에 대한 봉사심 또는 슈바벤 지방의 특색인 물질적인 검약과 정신적인 화려함의 멋진 조화도 보았는데, 그것은 슈바벤의 라틴어 학교, 신학교, 또는 유명한 튀빙겐의 수도원을 통해서 거의 200년 이상 유지되고 고귀한 전통으로 물려 내려온 것이었다. 그것은 슈바벤의 목사관이나 학교의 세계일 뿐 아니라 벵겔, 외팅거 또는 블룸하르트와 같은 위대한 정신을 가진 사람들의 세계였으며 또한 횔덜린, 헤겔, 뫼리케의 세계였다."

그러나 아버지는 딴판이었다. "그는 혼자였다. 옆에 혼자 비켜선 채로 항상 고독했고 고통받는 자였으며, 탐구자였으며, 지식이 풍부하고 선량했으며, 진실에 헌신하는 사람이었다. 선량함과 슬기가 그를 떠난 적이 한 번도 없었다. 어머니한테 얘기할 때면 아버지께선 인도어로 말하지 않고 영어 또는 순수하고 명확하고 부드러운 발틱 지방의 독일어로 얘기했다. 아버지의 말은 나를 매혹했고 사로잡았으며 나를 교육했다. 나는 경탄과 부러움을 가지고 아버지를 모방하려고 애썼다. 하지만 나는 내 뿌리가 검은 눈빛의 신비로운 어머니의 땅에서 자라나고 있음을 잘 알고 있었다. 어머니는 노래를 전혀 할 줄 모르는 아버지와는 달리 음악으로 뒤덮여 있었다."

레발에 있는 유명한 신학교를 다니던 아버지가 선교사가 될 준비를 하기 위해 바젤의 세계로 뛰어들 결심을 한 것은 힘든 일이었다. 그 결심은 괴로운 투쟁이었다. 그러나 아버지 요하네스 헤세는 그 일에 부딪쳐 인도로 갔고 바가다의 생활과 그곳 언어를 공부했으며 얼마 뒤에는 망갈로르로 가서 목사 훈련도 받았다. 그러나 연약한 육체는 열대 기후를 이겨내지 못했다. 3년간 선교 사업을 한 뒤에 그는 결국 1873년 유럽으로 되돌아와 칼프에 있는 군데르트 박사를 도와 문화 사업을 했다. 그러다가 첫 남편이 세상을 떠난 뒤에 두 아들 테오도어, 카를과 함께 부친의 집에서 지내고 있던 군데르트 박사의 딸 마리와 결혼했다. 요하네스 헤세는 아내나 장인을 잘 이해했지만 끝까지 슈바벤 기질을 갖지는 못했다. "발틱 사람, 독일계 러시아인으로서 아내와 자식들을 포함해서 온통 자기와 다르게 말하는 사람들에 둘러싸여 있었지만 죽을 때까지 그것을 받아들이지 못한 채 우리의 슈바벤식, 스위스식 독일어에 대항해서 자신의 순수하고 세련되고 아름다운 고지(高地) 독일어를 고집했다. 아버지의 고지 독일어는 집안에서 신뢰감과 친밀감을 약간 훼손시키고 있었지만 우리는 그것을 사랑했다. 우리는 또한 아버지의 호리호리한 몸매와 높고 고귀한 이마, 그의 순수하고도 괴로워하는 듯한, 그러나 개방적이고도 진실한 태도와 호소하는 듯한 눈을 자랑스럽게 생각하고 있었다."

마리 헤세 군데르트는 몸집은 작지만 활달한 여자였다. 어머니로부터는 프랑스인의 성격을 물려받고 있었다. 두 번째 결혼으로 그녀는 아이를 여섯 낳았는데 그중 둘을 어려서 잃고 말았다. 그녀는 일기를 40년 동안 계속 썼는데 그 기록은 후에 딸에 의해 출판되어, 활발하고 선량하고 신앙심 깊은 그녀의 특성을 잘 나타내고 있다. 그 일기 속에는 딸 아델레를 낳은 2년 뒤에 두 번째 아이로 낳은 헤르만 헤세의 어린 시절에 대한 기록도 들어 있다. "1877년 7월 2일. 월요일. 괴로운 하루를 보낸 뒤에 저녁 6시 30분 오랫동안 기다려 왔던 우리의 헤르만을 하나님께서 내게 주셨다. 그 애는 크고 무겁고 예쁜 아기였는데 금세 배고파했고 푸른 눈을 환한 쪽으로 돌리면서 머리를 혼자 움직여

댔다. 건강하고 튼튼한 아이는 훌륭한 선물이다." "나는 7월 어느 따스한 저녁 시간에 태어났다. 그 시간의 따스함을 의식하지 못한 채 나는 그것을 일생 동안 사랑했고 찾았으며 그것이 없을 때면 고통 속에서 그것을 원했다."

소년이 자라난 부모와 조부모의 세계는 좁기도 하고 한편으로는 넓기도 한 것이었다. 외적인 사건은 극히 단순한 것뿐이었다. 물질적인 것에 대해서는 별로 가치를 두지 않았지만, 돈은 한 푼이라도 절약해서 검소하게 살았다. 집안에는 그의 소년 시절을 안전하게 보호할 만한 내적인 힘이 있었다.

헤세는 1946년 누이 아델레에게 "우리를 교육시킨 것은 할아버지의 슬기, 어머니의 무한한 상상력과 사랑의 힘, 그리고 아버지의 고통을 극복하는 힘과 양심이었다"고 쓰고 있다. 다른 글에서는 이렇게 적고 있다.

> 많은 세계가 빛을 집에 비춰 주고 있었다. 거기서는 항상 사람들이 기도를 하고, 성경을 읽고, 연구를 했고 인도어를 조사하고 훌륭한 음악을 연주했고 부처와 노자(老子)에 대해 알고 있었으며 가죽으로 만든 동양식 트렁크를 든 손님들이 이국의 정서를 풍기면서 들락거리고 있었으며, 가난한 사람은 식사 대접을 받았고, 축제

가 열렸으며, 학문과 동화의 세계가 공존하고 있었다. 그곳은 독일적 요소와 프로테스탄트의 특색을 가진 세계였지만, 온 세계와 연관을 갖고 있었으며 완전하며 하나로 결합된 성스럽고 건전한 세계였다…. 그 세계는 풍성하고 다양했으나 한편 잘 정돈되고 중심이 잡혀 있었으며 마치 공기 · 햇볕 · 비 · 바람이 그러하듯이 우리에게 속해 있었다.

1881년 봄에 부친 요하네스 헤세는 선교 잡지 발행자로서 바젤로 가게 되었다. 그는 선교회에서 독일어와 문학에 대해서도 가르쳤다. "내 고향은 슈바벤과 라인 강변의 바젤이다."

뒤에 헤세는 짤막한 바젤 회상기에서 "1881년부터 1886년까지 우리는 바젤에서 살았는데 슈파렌링가 건너쪽에 있는 뮐러가에서 살았다. 두 길 사이로는 당시 알자스의 철로가 지나가고 있었다. … 우리 집 아주 가까이에도 시골 풍경뿐이었다. 알슈빌까지 농장이 이어져 있었고 근처에 있던 자갈 웅덩이는 놀기에 적당했다. 그리고 어린 내게 어마어마하게 커 보였던 사격장도 있었는데 우리는 거기서 나비도 잡고 인디언 놀이도 하곤 했다"고 회고하고 있다.

《헤르만 라우셔》 중의 〈나의 어린 시절〉의 장에서, 또는 〈거지〉라는 시에서 헤세는 이러한 바젤 시절을 사랑을 가지고 감동적으로 묘사하고 있으며, 놀이와 선교 유치원에 처음 입학했던 날, 성당에 들어간 일, 어린애의 공포와 부모의 권위가 처음으로 충돌한 일에 대해서 얘기하고 있다. 특히 그는 어머니의 이야기 재주에 대해 감사하게 생각했다. "어디에서 어머니들은 이 놀랍고도 재미있는 재주를, 화가와도 같은 상상력을, 이 무한한 입술의 요술을 갖게 된 것일까? 어머니, 저는 지금도 머리를 제 쪽으로 굽히고 있는 당신의 그 가냘프고 순종적이며 인내심에 넘치고 비교할 수 없이 아름다운 갈색 머리를 눈앞에 그려 봅니다."

어린 헤세는 활기와 열정에 넘치는 환상적인 소년이었고 부모와 조상들로부터 물려받았다고는 할 수 없는 정신적인 유산을 일찍부터 나타내기 시작했다. 어머니는 "그 애는 생기와 거대한 힘과 의지를 갖고 있고 네 살 된 아이로서는 놀랄 만한 이성을 갖고 있다. 어떻게 자라날 것인가? 그 애의 독재적인 성격과 질풍노도와도 같은 격정적인 성격에 맞서려면 상당히 고달플 것 같다"라고 쓰고 있다.

1882년 3월 27일의 일기에는 이렇게 적혀 있다.

헤르만은 몰래 학교를 결석했다. 벌을 주느라고 내가 손님방에 가둬 두었다. 그 애는 "날 가둬 두셔도 별 소용이 없어요. 창밖을 내다보면서 재미있게 지낼 수 있으니까요"라고 말했다. 얼마 전 그 애는 침대에 누워서 자기가 작곡, 작사한 곡을 노래하고 있었다. 아빠가 들어갔더니 그 애는 "전 바다의 요정처럼 멋지게 노래할 줄 알지만 또 그 요정처럼 못된 아이인가 봐요"라고 말했다.

1883년 11월 14일 날짜가 적힌 부친 요하네스 헤세의 편지에는 이렇게 쓰여 있다.

유치원에서 모범생이란 소리를 듣는 헤르만은 때로 문젯거리다. 슬픈 일이긴 하지만 그 애를 어떤 시설이나 남의 집에 보내야 되지 않을까 곰곰이 생각 중이다. 우리는 그 애에겐 너무나 민감하고 약한 것 같다. 우리 집안엔 완전한 규율이 서 있지 못하며 생활도 규칙적이지 못하다. 그 애는 무엇을 하든 재주가 있다. 그 애는 달과 구름을 쳐다보면서 손풍금으로 노래를 만들고 연필이나 펜으로 그림도 꽤 잘 그리고, 하고 싶을 땐 노래도 곧잘 부르며 시도 남들에게 빠지지 않는다.

1886년에 요하네스 헤세는 칼프의 출판사 일을 맡게 되었고 뒤에는 헤르만 군데르트를 계승해서 그 책임자가 되었다. 그래서 가족들도 7월에 다시 칼프로 돌아와 할아버지와 함께 산등성이에 있는 출판협회의 낡은 집에서 살았다. 3년 뒤에는 그 눅눅하고 지저분한 집에서 레더가서에 있는 햇빛이 잘 들고 편리한 집으로 옮겼다. 헤세는 1890년에 국가시험 준비를 위해 괴핑겐에 있는 김나지움으로 옮길 때까지 그 마을에 있는 라틴어 학교에 다녔다. 아홉 살 때부터 열세 살에 이르는 이 4년 동안 칼프는 헤세의 작품 속에서 "브레멘과 나폴리, 빈과 싱가포르 사이의 가장 아름다운 도시"로, 《게르버자우(Gerbersau)》 속에 계속 등장하고 있다.

> 나는 고향을 구석구석 알고 있었다. 닭장과 숲과 과수원과 날품 파는 사람들의 작업장을 알고 있었으며 나무와 새와 나비를 알고 있었고 노래도 부를 줄 알았으며 이빨 사이로 휘파람도 불 줄 알았고 그 외에 인생을 가치 있게 하는 수많은 것을 알고 있었다.

1918년에 헤세는 "15분 동안만이라도 전에 내가 낚싯대를 수천 번이나 늘어뜨렸던 다리 난간에 앉을 수 있다면 고향을 가지는 게 얼마나 아름답고 멋진 일인가 하는 생각에 사로잡힐 것이다. 지상의 작은 한 부분을 차지하고 있는 고향 집과 집 안의 창문과, 그 안에 살고 있는 사람들! 나무가 뿌리와 생명으로 땅과 깊이 관련되어 있듯이 이 지상의 어떤 일정한 장소와 끊을 수 없는 관련되어 있다는 것은 참 대단한 일이다"라고 썼다.

30년 뒤 칼프를 중심으로 한 얘기를 모은 《게르버자우》에서 그는 다음과 같이 썼다.

> 나이를 먹어 소년 시절과 청년 시절을 지낸 고향 마을을 다시 보기 힘들어질수록 점점 더 칼프나 슈바벤에 대한 그리움이 강렬해지기만 한다. 작가인 내가 숲이나 강, 계곡이나 밤나무 그늘, 또는 전나무 향기에 대해 얘기를 할 때면 그것은 다름 아닌 바로 칼프 주위의 숲, 칼프의 밤나무, 칼프의 전나무와 계곡이었다. 슈바벤 배경이 아닌 작품 속에도 계속 칼프의 장터, 다리, 교회, 비숍가, 레더가서, 브륄 또는 히르자우어 오솔길 등이 나타나는데 그것은 이러한 대상들이 당시 소년이었던 나에게 특별히 인상 깊은 원상(原像)을 남겨 놓았던 까닭이지, 무슨 조국의 개념으로서 나타나는 것은 아니다. 나는 일생 동안 그러한 이미지에 충실하고 감사하

는 마음으로 머물러 있었으며, 그러한 이미지는 나로 하여금 세계상(世界像)을 형성하는 데 도움을 주었고 오늘날까지도 점점 더 깊숙이 그리고 아름답게 내게 빛을 던져 주고 있다.

그러나 학교생활에 대한 추억은 별로 행복한 것들이 아니었다. "학교에서 지낸 8년 동안 사랑하고 감사하게 생각한 교사는 단 한 사람밖에 없었다."

다른 선생들은 전부 무서워하고 미워했고 그렇지 않으면 비웃거나 멸시할 따름이었다. 그는 학교란 어떤 수단을 써서든지 맞서 싸워야 하는 절대적인 힘이라고 생각했다. 그러나 칼프의 학창 시절의 마지막 무렵에 알게 된 그리스어 초급반 교사 슈미트 씨에 대해서 헤세는 "두려움 외에 일종의 경외감을 가졌으며 적이라 할지라도 사랑하고 존경할 수 있다"는 사실을 알게 되었다. 그는 그리스어에 매혹되었고 "돈을 벌거나 세계를 여행하기 위해서가 아니라 소크라테스, 플라톤, 호메로스를 알기 위해서" 그리스어를 배운다는 데 대해 자긍심을 갖게 되었다.

그 당시 벌써 헤세는 공책에다 시와 얘기를 가득 적어 놓고 있었다. 독일어나 라틴어로 시를 짓는 일은 그에겐 별로 힘든 일이 아니었다. 그의 〈짤막한 이력서〉에서 헤세는 "열세 살 때부터 시인이 아니면 아무것도 되고 싶지 않다"는 생각을 하고 있었다고 말하고 있다.

그 10년쯤 후 밤에 투틀링겐을 지나가면서 그는 시인이 되겠다고 결심했던 그 순간을 이렇게 회상하고 있다.

> 그것은 이러했다. 내가 열두 살로 라틴어 학교 학생이었을 때 독본에서 《프리드리히 대왕》이나 《텁석부리 에버하르트》 등을 재미있게 읽었는데 이런 이야기 가운데 나는 무언가 전혀 다른 놀라운 것, 매혹적인 것, 아름다운 것을 만나게 되었다. 그것은 횔덜린의 〈밤〉이라는 시였다. 오, 그 몇 편의 시를 얼마나 자주 읽었는지 모른다. 그리고 '이것이야말로 시다. 그리고 이 사람이야말로 시인이다'라는 열정과 떨림 속에서 얼마나 매료되었는지 모른다. 내가 처음으로 부모님의 말소리를 들었을 때처럼 그 시는 내 귓가에 깊고 성스럽게 울려 퍼졌다. 아직 소년이었던 나는 그 내용을 잘 이해하지는 못했지만 그리움의 마술과 신비가 내 마음속 깊이 울려 퍼지고 있었다.
>
> 밤이 온다.
> 별이 총총하다. 우리에겐 별 관심도 없는 듯
> 저쪽에서 훤히 떠오른다. 인간들 속의 이방인처럼

산 위를 슬픈 듯이 그리고 황홀하게 비치면서.

청년이 되어서도 이 시는 나를 감동시켰지만 어려서 읽었을 때처럼 그렇게 강렬히 매혹하지는 못했다.

청춘의 위기

1890년 2월 1일에 어머니 마리 헤세는 아들을 괴핑겐으로 데려갔다.

그것은 어느 정도 교육적인 이유에서였다. 나는 다루기 힘든, 좋지 못한 소년이었던 까닭에 부모님은 어떻게 해 볼 도리가 없었다. 그리고 국가시험 준비도 해야만 했다. 그 시험은 매해 여름 뷔르템베르크 전역에서 치러졌는데 아주 중요했다. 그 시험에 합격하는 사람은 누구나 신학교에서 장학금을 받으면서 공부를 계속할 수 있었다. 그거야말로 부모가 내게 바라던 바였다. 당시 이 시험 준비를 전문으로 하는 학교가 몇 개 있었는데 내가 간 곳도 그런 학교 중의 하나였다. 내가 간 학교는 괴핑겐에 있는 라틴어 학교였는데 거기엔 늙은 교장 바우어 씨가 뷔르템베르크 곳곳에서 모여 온 생도들의 머릿속에다 필요한 지식을 주입하느라 애쓰고 있었다.

헤세는 1891년 여름에 시험을 볼 때까지 그곳에서 공부했다. 그는 엄한 기숙사감 밑에서 지냈는데 이 무미건조한 공업 도시에서는 마음에 드는 것을 거의 하나도 찾아내지 못했다. 늙은 교장 바우어 휘하의 수업은 효과가 있었고 또 인간적인 면에서도 중요한 역할을 했다.

훨씬 뒤에 그는 애정과 존경을 가지고 그 교장 선생을 회상하고 있다.

> 녹색 안경알 뒤에서 겁을 줄 정도로 우리를 무섭게 감시하면서 우울하게 바라보던 그 괴짜 노인은 작은 우리 교실을 긴 파이프 담배 연기로 가득 채우곤 했는데 그는 우리에게 지휘관, 규범, 재판관, 그리고 존경해야만 하는 반신(半神)과도 같은 존재였다. 당시 매우 예민하고 비판적인 생도였던 나는 굴종과 독재에 대해서라면 마지막 피 한 방울까지 바쳐 싸울 각오가 되어 있었다. 나는 그 신비한 노인에게 사로잡히고 매혹되어 있었는데 그것은 그가 내 안에 있는 능력을 최고치로 끌어내며, 나의 미숙함이나 나쁜 태도 또는 무가치함은 하나도 못 본 것처럼 오로지 나의 내부에 있는 최고의 것만을 추정해 내고, 내가 이뤄 놓은 최고의 업적을 마치 당연한 것처럼 받아들여 주었기 때문이다. 그는 때때로

내게 라틴어로 말했고 내 이름을 라틴어로 카투스(Chattus)라고 불렀다. 그러나 그의 특별한 점은 그가 생도들 중에서 재주 있는 아이를 찾아내 그들의 이상주의를 길러 주고 북돋아 주는 능력이 아니라, 생도들의 나이나 심리를 이해하고, 놀고 싶어 하는 소년들의 심정을 당연한 것으로 이해해 주는 능력이었다. 그는 단순히 존경받는 소크라테스가 아니라 유능하고 독창적인 교장이었고 어떻게 하면 열세 살짜리 생도가 학교는 언제나 가고 싶은 곳이라고 생각하게 할 수 있는지 잘 알고 있었다.

부모에게 보낸 생기에 가득 찬 헤세의 편지를 보면 그는 교장에 관해서 자주 얘기하고 있다.

그는 '헤세의 학급으로서는 너무나도 힘든' 실러의 작품 《발렌슈타인(Wallenstein)》을 라틴어로 번역시킬 뿐만 아니라, 때로는 막대기로 북을 두들기듯이 교실 의자를 두들기게 했는데 그럴 때면 헤세는 악장으로 뽑히곤 했다.

헤세는 재미있는 시구(詩句)로 부모에게 괴핑겐의 일과를 적어 보내곤 했고 짤막한 희곡도 한 편 썼으며 집에 돌아가 공연해 볼 작정이라는 내용을 편지에 쓰기도 했다.

그것은 1막짜리 비극 《어느 크리스마스이브》로 한 거

지 소년이 크리스마스이브에 어머니 없는 어느 가정에 나타나면서 일어나는 감동적인 이야기를 담고 있다.

헤세의 일생 중 훌륭한 생도로서 교사를 존경했던 시절은 괴핑겐에서의 학창 시절뿐이었는데 1891년 6월, 국가시험에 합격함으로써 바라던 성과를 거두었다. 두려워하던 시험에 합격한 헤세는 자기 이전의 수많은 군데르트 가문의 선조들과 마찬가지로 36명의 다른 학생들과 함께 1891년 가을, 마울브론 신학교에 입학했다.

뷔르템베르크의 교육은 초급 신학교로서는 극히 특수했는데 그와 유사한 것을 다른 곳에서는 거의 찾아보기 힘들 정도였다. 아마도 슐포르타 학교나 이전에 있던 마이스너 귀족 학교, 아니면 가톨릭 신학교와 비견될 정도다. 그 학교의 역사는 종교 개혁 시대까지 거슬러 올라간다. 아우크스부르크 종교 회의 직후 뷔르템베르크 영주 중에서 가장 중요한 인물이었던 크리스토프 공작은 영내의 교회와 학교를 정리하고 재건했다.

가장 성공적인 개혁은 14개의 뷔르템베르크 수도원을 프로테스탄트 신학교로 만든 것인데, 이 학교는 영토 내의 열네 살에서 열여덟 살에 이르는 소년들에게 신학 공부를 위한 장학금을 지급하고 있었다. 세월이 흐르며 이러한 학교는 점차 줄어서 마울브론, 쇤탈, 블라우보이렌, 우어

아흐의 네 기술 학교만 남았지만 그 영향은 멀리 뷔르템베르크 밖에 있는 다른 학교에까지 퍼져 나갔다. 여러 면에서 이 뷔르템베르크의 학교들은 편파적인 면이 있긴 했지만 신학교 중에서는 특별한 자리를 차지하게 되었고, 유명한 튀빙겐 대학에도 중대한 영향을 미쳤다. 요하네스 케플러나 횔덜린, 에두아르트 뫼리케, 로베르트 마이어 등 이름 있는 수많은 시인과 학자들이 이곳 신학교를 거쳐 갔다. 대부분의 신학자들, 수많은 교사와 교수들 그리고 뷔르템베르크 영내에서 높은 지위를 가졌던 사람들이 그들의 형성기를 이곳에서 보냈다.

수준은 예나 지금이나 김나지움의 상급 4년에 해당한다. 학생의 지적 수준에 따른 엄격한 선발, 극히 간소하고 거의 수도승 같은 생활을 하게 하는 학교의 전통, 고대 언어까지 걸친 무게 있는 고전 연구와 프로테스탄트식 교육 이상 등은 이 기숙 학교의 특성이 되었고 막강한 영향력과 권위를 갖게 했다. 이러한 교육은 편파적이고 보수적인 결점을 드러내기도 했지만 그 나름대로 전통을 확립하고 성급한 실험을 거부했다.

바젤 시민권을 가졌던 헤세는 열네 살이 되자 신학교에 들어가는 입학 허가를 받기 위해 우선 뷔르템베르크의 시민권을 얻어야만 했다. 그는 마울브론 신학교에 6개월 이상 있지는 않았지만 이 짧은 기간의 체험은 창작에 있어서 마울브론 색조라고 부르는 특별한 경향을 만들기에 충분했다. 신학교에서의 생활과 헤세의 청춘 시절의 체험은 1906년에 나온《수레바퀴 아래서(Unterm Rad)》에 잘 나타나고 있다. 몇 년 뒤 헤세는《과거와의 만남(Begegnung mit Vergangen)》에서 그 작품에 대해서 이렇게 말하고 있다.

> 10년쯤 뒤에야 나는 작품《수레바퀴 아래서》를 통해서 (그때까지도 꽤 불안정했고, 참된 이해나 극복의 경지에는 도달하지 못했지만), 과거를 회상해 보았다. 어린 한스 기벤라트와 그의 친구이며 적인 하일너의 이야기와 성격을 통해서 나는 사춘기의 위기를 그렸고, 스스로 그런 추억으로부터 해방되며, 발전하고 성숙해지고, 기벤라트를 굴복시키고 나도 거의 굴복당할 뻔했던 학교, 신학, 전통, 권위라는 거대한 힘에 대한 고발자나 비판자의 역할을 해 보고자 했던 것이다. 앞서도 말했듯 그것은 너무 이른 시도여서 일부에 한해서만 성공적이지만… 그러나… 그 책에는 내가 실제로 경험하고 괴로워했던 삶의 한 조각이 담겨 있다.

오래된 시토(Citeaux) 교파의 수도원이자 독일에 있는 가장 훌륭하고 잘 보존된 수도원인 마울브론의 아름다움과 마술적인 힘은 그 뒤에도 많은 스케치나 단편 속에서 회상되고 있다. 《나르치스와 골드문트(Narziss und Goldmund)》에서는 마리아브론으로 나타나 있고, 마울브론 없이는 《유리알 유희(Das Glasperlenspiel)》의 카스탈리엔도 생각하기 힘들다. 제2차 대전 이후, 헤세는 마울브론의 운영자에게 "황폐화된 독일과 유럽 곳곳에 수도원과 같은 전설의 장소가 남아 있다는 사실이 퍽 위로가 됩니다"라고 쓰고 있다.

> 그 수도원을 방문하는 사람은 열린 성문과 그림처럼 아름다운 높은 담을 지나 넓고 아늑한 안에 들어서게 된다. 그곳엔 샘이 있고 오래된 장엄한 나무가 서 있고, 양쪽 편에는 벽돌로 지은 단단한 건물이 있으며 뒤에는 천국이라고 불리는 후기 로마식 홀이 있는데 그 우아하고 매혹적인 아름다움이야말로 견줄 만한 것이 없을 정도다. 교회의 웅대한 지붕에는 바늘 끝처럼 뾰족하고 이상해 보이는 작은 탑이 있는데 어떻게 종을 거기다 매달았는지 도대체 알 수가 없다. 그 자체로서도 훌륭한 작품이라고 할 수 있는 회랑에는 멋진 공회당의 둥근 지붕과 기도실, 회의실, 수도승 식당, 수도원장 숙소

가 이어져 있고 두 개의 예배당 건물로 막혀 있다. 그림과도 같은 벽, 구석방, 성문, 정원, 제분소, 숙소 등이 무거워 보이는 낡은 건물을 쾌적하고 온화하게 둘러싸고 있었다.

공회당에는 무엇인가 기적적인 분위기가 있었다.

나는 그늘에 앉아서 세 개의 분수대 수반 위로 물이 처음 수반에서 둘째 번 수반으로 그리고 다시 울려 퍼지는 소리를 내면서 셋째 번 수반으로 흘러가는 것을 바라보았으며, 아치형의 지붕이 귀여운 소리를 내면서 장난치고 있는 것을 쳐다보았다. 그것은 스스로 도취한 듯 아름다움의 영원한 형상으로서 거기에 서 있었다.

헤세가 어느 날 수도원을 도망쳐 나왔다는 사실로 미뤄 보건대 마울브론 시절은 무서운 정신적 갈등의 시대였던 것 같다.

그러나 처음 몇 달은 그렇지 않았다. 부모에게 보낸 다량의 미출간 편지를 보면 그는 놀랄 정도로 급속하고 훌륭하게 학교에 익숙해졌다.

그의 편지들은 마울브론에서의 일상생활, 교사들, 공

부, 친구, 음식에 이르는 모든 것에 대해서 즐거운 마음으로 묘사하고 있다.

바이센슈타인에 있는 할아버지에게 보낸 상세한 편지에도 그는 마울브론의 일상생활을 멋진 산문으로 쓰고 있다. 그는 12명의 동료와 함께 헬라스라는 방에 기거했는데 자만심에 가득 차서 자신을 헬레네라고 부르고 있다. 다른 방의 이름은 포룸, 아테네, 스파르타, 아크로폴리스, 게르마니아 등이었다.

아침에는 6시 30분에 일어나 6시 50분에는 아침 기도를 하러 간다. 수업은 7시 45분 정각에 시작된다. 공부는 정오까지 계속되다가 두 시간 쉬고 2시에 다시 시작된다. 저녁 식사 후 7시 30분에는 오락 시간이 있고 저녁 기도 후에 하루 일과가 끝난다. 수업 시간은 일주일에 41시간이지만, 거기다가 토론 시간이나 예습 시간이 더 첨가돼야만 한다. 자유 시간은 거의 없고 일요일에 산보를 할 만한 몇 시간을 겨우 얻을 수 있을 정도였다.

헤세는 공부를 좋아했다. 그리고 음악 선생과 체조 선생을 제외하고는 모든 선생을 다 좋아했다. 그는 "호메로스는 정말 대단합니다. 그리고 또 오비디우스를 독일어식 6운각(韻脚)으로 번역하는 일은 즐겁습니다"라고 말했다.

그는 특히 작문을 좋아했다. 그는 수도원에 들어간 첫

주에 부모에게 "오늘 제가 쓴 작문 〈짤막한 자서전적 스케치〉가 제일 잘 쓴 글로 뽑혀서 낭독되었습니다"라고 자랑스럽게 보고하고 있다.

얼마 뒤 그는 자기의 글이 "어딘가 환상적인 구석이 있다"는 묘한 논평을 받았다는 얘기를 하고 있다. 그리고 계속해서 "요즘 저는 창세기 12장에서 15장, 21장에서 24장에 기초를 두고서 아브라함의 성격을 연구하고 있습니다. 아브라함이야말로 신의 나라를 이루는 데 있어서 가장 합당한 신의 도구였다는 것을 보여 주기 위함입니다. 그것은 쉽지 않습니다. 우리는 그것을 일주일 내로 해야만 합니다"라고 쓰고 있다. 그는 낭독회도 좋아해서 몇몇 친구들과 함께 '고전 박물관'이란 모임을 만들기도 했다.

> 우리는 지금 회원이 10명입니다. 우리는 역할을 나눠 실러의 고전주의 작품을 읽고 있습니다. 그리고 자신의 시와 남의 시를 낭독하면서 비평적인 토론도 합니다. … 다음 일요일에는 모임에서 제가 괴테에 대한 글을 발표하기로 되어 있습니다.

그 뒤에 실러의 《식객(Parasit)》과 포스*가 번역한 《아이네이스(Aeneis)》를 읽었으며 "저녁이면 정말 아름답고 평온합니다"라고 썼다. 그 후에 그는 실러의 산문에 열중했고 클롭슈토크*의 송시(頌詩)를 즐겨 읽었으며 《메시아》를 읽어도 괜찮겠느냐고 허락을 구하고 있다. 문체를 가다듬기 위해서 그는 쿠르츠가 쓴 〈독일 산문 개론〉을 도서관에서 빌려 보기도 했다.

그는 부모에게 친구들과 밤중에 격투를 벌인 일에 대해서 썼으며 수도원 곁에 있는 빈민 구제소의 화재 사건 때 극적으로 활약한 일에 대해서도 기록했고, 친구들에 대한 짤막한 스케치도 집으로 적어 보냈다. 거기서 사귄 오토 하르트만, 쇠알, 헬커, 첼러 등 몇몇 친구들과는 일생 동안 계속되는 아름다운 우정을 맺기도 했다.

> 저는 만족하며 행복하게 지내고 있습니다. 이곳 분위기는 저와 잘 어울립니다. 제일 좋은 점은 학생과 교사 간의 긴밀한 관계로, 긴장감이 없습니다. 그리고 건물은 또 얼마나 아름다운지요! 친구와 함께 수도원에서

* Johann Heinrich Voss(1751~1826) : 그리스 · 로마의 문학과 독일의 중세 문학을 번역한 서정 시인.

* Friedrich Gottlieb Klopstock(1724~1803) : 독일의 계몽주의 작가.

지내면서 언어와 종교와 문학에 관해 얘기하는 것보다 더 멋진 일은 아마 없을 것입니다.

이 편지는 1892년 2월 24일에 쓰인 것인데 이 편지를 쓰고 3주가 지난 뒤 그는 별 이유 없이 무일푼으로, 외투도 안 입은 채 점심 식사 때 사라져 버렸다. 오후 수업이 시작되어도 그는 나타나지 않았고, 몇 시간이 지나도록 소식이 없자 근처 숲속을 뒤지기 위해 탐색대가 떠났다. 파울루스 교수는 칼프에 있는 부모에게 "2시 이후 헤르만 실종. 소식 바람"이라는 전보를 쳤다. 지방 경찰과 이웃 마을 면장에게까지 그 소식을 전했지만 수색은 별 효과가 없었다. 그날 늦은 저녁에 파울루스 교수는 헤르만의 부모에게 "모든 조치를 다 취해 봤으나 헛수고"란 전보를 다시 쳤다. 다음 날 점심때가 되어서야 헤세는 지쳐 기운이 빠지고 굶주린 채 어느 사냥꾼과 함께 수도원으로 돌아왔다. 그는 부친에게 편지를 했다.

친절한 말씀은 고맙습니다. 아버지께 그렇게나 괴로움을 끼쳐 드린 이 경솔한 몽상가를 멸시하지 않으시는군요. 자세한 얘기는 아저씨(프리드리히 군데르트)가 해 드릴 겁니다. 저는 스물세 시간 동안 뷔르템베르크, 바덴, 헤센을 돌아다녔습니다. 밤 8시부터 새벽 4시 반까지는 영하 7도가 되는 들판을 꽁꽁 언 채 걸어 다녔습니다. 바이올린 레슨을 그만두게 해 주십시오. 그만두지 않는다면 이곳 수도원의 생활은 괴롭기만 할 것입니다…. 저를 예전처럼 사랑해 주십시오. 급히 썼습니다. 헤르만.

선생들은 이해심이 많았고 그를 소중하게 다뤄 주었다. 그러나 성스러운 수도원의 규칙은 정확하게 엄수되어야만 했다. 그래서 도망을 쳤던 그는 '무단이탈'을 한 죄로 여덟 시간 동안 감금되었다. 3월 12일에 헤르만은 부모에게 이렇게 편지를 썼다.

저는 지금 감금되어 빵과 물만 먹고 있습니다. 벌은 12시 30분에 시작되어 8시 30분에 끝이 납니다. 지금 호메로스를 읽고 있는데 《오디세이아》의 멋진 장면입니다. 육체적으로 정신적으로 약하고 지쳐 있지만 괜찮습니다. 점점 회복되고 있으니까요.

그 편지는 감금실 벽에 "카를 이젠베르크, 1885년 5월 28일"이라는 낙서가 적혀 있어 그런대로 위로가 된다는 말로 끝나고 있는데, 카를 이젠베르크는 어머니의 첫 남편이었다.

그러나 그 후 3월 20일에 쓴 편지에는 내적인 고뇌와 절망감이 휩쓸고 있다.

> 저는 지치고 힘도 없고 의지도 없습니다. 아프지는 않지만 전에는 느껴 보지 못한 이상한 나약함이 저를 사로잡고 있어요. 발은 언제나 얼음처럼 차갑고 반면에 머릿속은 불타는 것 같습니다.

헤세는 또한 "저녁노을처럼 사라져 버리고 싶네"라는 헤르베그의 노래 가사를 인용하고 있다. 친구들마저 부모들의 성화로 그로부터 멀어져 갔다. 그는 고독해졌고 소외감 때문에 괴로워했다. 짜증 나고, 우울하고, 단절된 채로 그는 칼프에 와서 부활절 휴가를 보낸 뒤 다시 마울브론 신학교로 돌아갔다. 그의 상태는 더욱 악화해 수업을 받을 수 없을 정도였다.

1892년 5월, 부친은 그를 고향으로 데려와 건강을 회복시키기 위해서 그해 말까지 학교를 쉬게 했다. 마울브론 신학교로부터의 도주 사건은 그 자체로서는 민감하고 환상적이며 쉽게 흥분하는 젊은이의 일시적 행동에 불과한 것이었지만, 그 일로 인해서 헤세는 정신적인 위기를 맞게 되었고 무서운 갈등의 시기가 시작되었다. 그것은 그를 둘러싸고 있는 가정의 종교적 전통과 모든 고루하고 위압적인 권위에 반발해서 자기주장과 자아를 일찍부터 의식한, 시인이 되고자 하는 인식의 투쟁이었다.

> 사람들이 내게서 바랐던 모든 것이 4년 이상 어긋나기만 했다. 어떤 학교도 날 붙잡아 두지 못했고, 나는 어떤 공부도 오랫동안 계속할 수 없었다. 나를 쓸모 있는 인간으로 만들어 보고자 하는 모든 시도는 실패로 끝날 뿐이었고 모욕감과 불명예와 도주 또는 퇴학으로 끝이 날 뿐이었다….

1892년 5월에 헤세는 집안의 친지이며 신학자인 크리스토프 블룸하르트에게 보내졌는데 그는 엑소시스트 또는 기도 요법을 통한 정신 치료자로서 바트볼 단체를 이끌어 온 유명한 아버지를 이어받고 있었다. 모든 것이 잘 해결되었고 블룸하르트는 친구의 아들을 친절하게 돌봤다. 그런데 그때 또 위기가 닥쳐왔다. 실연 사건으로 헤세가 자살 기도를 했던 것이다. 블룸하르트는 포기를 하고 부모들에게 이젠 희망이 없는 것 같으니 아들을 데려가라고 말했다.

이 불행한 시절의 다음 정거장으로서 헤세는 슈투트가르트 근처 렘슈탈에 있는 슈테텐이라는 곳으로 보내졌다. 그곳에서 헤세는 정원 일을 도왔고 학습 부진아를 가르치는 일도 도왔다. 겉으로 보기에 그는 꽤 잘 지내고 있는 것 같았고 그곳의 운영자인 쇼알 목사의 보고도 퍽 희망적이었다. 그러나 그는 내적으로 신, 인간과 다투면서 자신을 버림받고 거부당한 존재로 생각했으며 절망적이며 완강하고 반항적인 태도를 버리지 않고 있었다.

그러나 신학교가 아니면 김나지움에라도 다시 다녀 봤으면 하는 헤세의 소망은 곧 실현되었다. 1892년 10월 5일에 슈테텐을 떠난 그는 바젤에 있는 학원에서 몇 주 지낸 다음 11월 2일에는 김나지움에 다니기 위해 바트 칸슈타트로 갔다. 그러나 이 학교생활은 겨우 1년 동안 지속될 뿐이었다. 헤세는 술집을 돌아다니며 빚만 졌다. 하지만 때때로 다락방에 들어앉아 좋아하는 하이네, 고골, 투르게네프, 아이헨도르프의 《방랑아 이야기(Aus dem Leben eines Taugenichts)》 등을 읽었다. 방종한 장난기, 세계고(世界苦), 도덕적인 가책 등이 그의 마음속을 오르내리고 있었다. 칸슈타트에서의 생활은 실패와 불협화음으로 끝나긴 했지만 그 1년 동안의 생활을 통해서 헤세가 혼자서 일할 수 있다는 것이 명백해졌다. 또 그곳에서 그를 이해해 주고 많은 도움을 준 스승 카프 박사를 알게 되었다는 점도 의미가 깊다.

1893년 10월에 헤세는 에슬링겐에 있는 마이어 출판사와 수습사원으로 계약을 맺었다. 그러나 그는 3일 만에 그곳을 뛰쳐나오고 말았다. 혐오감에 사로잡혀 있으며 스스로 아무런 의욕도, 능력도 갖고 있지 않다고 헤세는 아버지에게 말했다. 부친은 그를 집으로 데리고 왔다. 그리고 몇 달 뒤에는 헤세의 의견은 무시한 채 그를 고향 칼프에 있는 하인리히 페로트 시계 공장에 기술 수습공으로 집어넣었다. 1894년 6월부터 1895년 9월까지 그는 매일 선반 앞에 서서 줄질을 하고, 구멍을 뚫고, 절단기로 끊고, 납땜과 인두질을 하고, 탑에 시계를 다는 일을 돕기 위해 횡목(横木)에 올라가기도 했는데 작품 《수레바퀴 아래서》의 주인공 한스 기벤라트처럼 '철물공'이라고 놀림을 받기도 했지만 결국 그것을 통해 긴장 상태로부터 위기를 극복했다. 이러한 그의 내적인 변화의 증거는 확실히 찾아낼 수 없지만 칸슈타트에서의 스승이었던 카프 박사에게 보낸 편지를 보면 그런 변모를 어느 정도 느낄 수 있다. 1895년 5월 헤세는 지나간 몇 년 동안의 자신의 변화에 대해서 다음과 같이 얘기하고 있다.

이제야 저는 평안과 쾌활함을 다시 찾았고 정신적으로도 건강하게 되었습니다. 공포와 증오와 자살에 대한 생각으로 가득 찬 괴로운 시간은 지나갔습니다. 그러나 그 시절은 시인으로서의 자아를 형성하는 데 도움을 주었습니다. 미친 듯한 질풍노도의 시절은 다행히도 지나갔습니다.

이 편지에서 당시 헤세의 관심을 끈 것이 창작이었음을 알 수 있다. 자신도 문학에 관한 일로 바빴던 헤세의 아버지는 거기에 대해 별 관심을 갖지 못했다. 그러나 헤세는 아버지의 덕을 톡톡히 보았는데 그것은 부친이 가졌던 훌륭한 장서였다. 당시 헤세는 열광적으로 독서에 몰두했는데 그 후에도 그는 평생 훌륭한 독서가였다. 부친과 조부의 서재는 항상 열려 있었고 청년 헤세는 독서를 할 만한 자유 시간이 많았던 까닭에 높은 수준의 문학 연구를 할 수 있었다. 멋진 문체를 만들면서 그는 '멋진 산문가'가 되고자 노력했다.

그리하여 그는 괴테와 낭만주의자들의 작품을 읽었으며 디킨스, 스턴, 스위프트, 필딩, 세르반테스, 그리멜스하우젠, 입센, 졸라 등에 심취했고 코롤렌코의 애독자가 되었다. 또 아이헨도르프와 가이벨의 문체로 많은 시와 운문을 쓰기도 했다. 그는 그런 작품 중 몇 개를 카프 박사에게 보내 비판을 청하기도 했다. 최초로 발표된 시 〈마쿠샤(Makuscha)〉는 1895년 6월에 쓰인 것으로, 쓴 지 1년 뒤 《도이체스 디히터하임(Deutsches Dichterheim)》에 발표되었다. 그 시는 이렇게 시작하고 있다.

꿈이었다–내 앞엔 창백한 바다가
끝없이 펼쳐져 있었고 해변은 쓸쓸했다.
바람은 잔잔하고 햇살은 부옇게 비치는데
구름 조각만 저 멀리 흘러간다!

하인리히 페로트의 도제로서의 수습 생활은 14개월로 끝나고 말았다. 이후 헤세는 하인리히 페로트라는 이름을 작품 《유리알 유희》에서 그 유희의 창시자 이름으로 사용하고 있다. 도제 생활을 통해서 헤세는 '현실적인 인물'이 되었다. 얼마 뒤 부모의 허락을 얻어 이 직업 훈련을 그만두고 출판사 수습사원으로 자리를 옮기긴 했지만 헤세는 이 기술 습득 기간을 무의미한 것으로 생각하지 않았다. 《슈배비셔 메르쿠어(Schwäbischer Merkur)》지 광고에는 튀빙겐의 헤켄하우어 출판사가 서적 판매, 고서 판매, 출판을 위한 3년간의 직업 훈련생을 모집하고 있었다.

서점원 생활

대학생이 아니라 출판사 수습사원으로 헤세는 1895년 10월 17일 튀빙겐으로 왔다. 전통 깊은 대학 건물에서 멀리 떨어지지 않은 대성당 바로 건너편에 헤켄하우어 서점이 있었는데 거기서 헤세는 수습사원으로 2년, 판매 사원으로 2년, 도합 4년간을 하루 10～12시간씩 책상 앞에서 또는 판매대 뒤에서 지냈다. 일은 아침 7시 30분에 시작되어 한 시간의 점심 휴식이 있을 뿐 저녁 7시 30분까지 계속되었다. 다른 수습사원들과 함께 헤세는 책을 포장하고, 배달하고, 안내서를 보내고 계산서를 정리하고 잡지를 발송하고, 잔고를 정리했으며 선전 엽서를 뷔르템베르크의 복음 교회 목사들에게 부치는 일을 했다. 그는 카탈로그를 들여다보기도 했고 시간이 지남에 따라 서점 부기의 비밀에 대해서도 잘 알게 되었다. 헤켄하우어 서점에서 중점을 두고 있는 것은 신학, 철학, 법학 부문이었다. 서점엔 상당히 큰 창고가 있었고 자체 제본소도 갖고 있었다.

주인은 카를 아우구스트 조네발트였다. 헤세는 처음에는 그와 별다른 관계를 맺지 못하고 있었다. 집에 보내는 편지에 "그에 대해 굉장한 존경심을 갖고 있습니다"라고 썼으며 주인이 "굉장히 교양 있는 사람인데도 슈바벤 사투리를 쓴다"는 얘기도 덧붙이고 있다. 그 집의 실제 주인이자 자랑거리는 지배인 하인리히 헤르메스였는데 마흔 살쯤 된 그는 학식이 있는 달변가였다. 서점에는 헤세 외에 4명의 점원과 2명의 배달원이 있었다. 헤세의 직속상관은 슈트라우빙 씨였다. 이 직업은 한가로운 시간이 거의 없었지만 헤세는 흥미를 느꼈고 일에 만족했다. 그러나 얼마 안 돼 곧 두통이 재발했다. 오래 서 있을 수가 없었고 저녁이면 말할 수 없이 지친 몸으로 집에 돌아오곤 했다. 그는 그곳에 발을 들여놓던 첫날 부모에게 이렇게 보고했다.

> 이 도시는 내 마음에 듭니다. 특히 제가 시내가 아니라 교외에 살고 있다는 점이 그렇습니다. 이 도시는 좁고 중세적이며 낭만적이고 기사들의 풍경으로 가득 차 있지만 어딘가 모르게 답답하고 지저분한 구석도 있습니다. 성은 아주 멋집니다. 특히 성이 있는 언덕과 길이 훌륭합니다.

튀빙겐 시절을 통틀어서 헤세는 낡은 도시 외곽에 있는

헤렌베르크가 28번지의 황량하고 고독한 1층 방에서 살았다. 집주인은 수다스러운 과부 레오폴트 부인이었다.

그 부인은 디킨스 소설의 주인공처럼 활기 있고, 교활하고, 조심스럽고, 온갖 얘기가 흘러넘칠 정도로 많았으며 쾌활함과 애정을 갖고 있습니다.

최초로 자신이 번 돈으로 헤세는 프락시텔레스의 헤르메스 조각상의 눈처럼 흰 석고 모형을 사다가 장식이라고는 커다란 뷔르템베르크의 카를 왕 색채화밖에 없던 방을 치장하기 시작했다.

벽의 한쪽에는 잡지나 출판 카탈로그에서 오린, 나를 매혹한 사람들의 큰 사진 또는 그림 들을 붙여 놓았는데 그 수집품은 해가 갈수록 점점 늘어났다. 나는 아직도 감명 깊게 읽었던 《하넬레(Hanneles Himmelfahrt)》의 작가 게르하르트 하웁트만의 젊은 시절 사진을 꽤 비싼 값으로 샀던 것을 기억한다.

벽에는 니체의 사진 두 개와 쇼팽의 커다란 복사판 초상화도 있었다.

소파 뒷벽의 반은 담배 파이프를 대학생식으로 질서 있게 대칭으로 진열해서 장식했었다.

튀빙겐 시절은 엄격한 자아 교육의 시절이었다. 신학교나 수도원에서가 아닌 넉넉지 못한 저녁 시간의 독학을 통해서 헤세는 끈질긴 정열로 자신의 정신세계를 구축해 나갔다. 1895년 11월에 그는 카프 박사에게 이렇게 쓰고 있다.

오래전부터 저는 지금까지의 그릇된 생활에 대해 진지하고 깊게 생각해 보곤 하는데 요즘은 전보다 더 마음이 훨씬 편안하고 그렇습니다.

또 부모에게 보낸 편지에서는 이렇게 말하고 있다.

몇 번이고 저는 지식의 본질로 다가가려고 잡다한 무리들과 함께 대학 강의실을 돌아다녀 보기도 했습니다. 그러나 학문적인 연구 역시 모든 지상의 것과 마찬가지로 전혀 이상적인 것이 못 되고 협소하며 불완전한 것으로만 생각됩니다…. 무엇인가가 되고 자유로워지고, 진실한 것과 고귀한 것만을 바라보며 살기 위해서는 스스로 노력해야만 합니다.

그는 이제 자기 생애의 '자유분방한 불신의 시대'를 극복했고 스스로 기독교적인 신앙을 고백하지는 않았지만 '영원한 순수함과 힘에 대한 믿음, 마음을 왜소하게도 거대하게도 만드는 끊을 수 없는 세계 질서에 대한 신념'이 그에게 생기를 불어넣어 주기 시작했고 '미학에 대한 신념과 흥미'가 점점 그의 마음속에서 일어나고 있었다.

'감동한 마음'으로 그는 멘델스존*의 《파이돈》과 성구를 읽었고 특히 모세의 제1서(창세기), 예레미야서, 전도서, 잠언을 좋아했다. 무엇보다도 구약의 시구가 그의 마음을 끌었다.

1895년 10월 25일, 부모에게 쓴 편지에 그는 전도서 마지막 장의 "편도나무가 만발하고 욕망은 스러지리니…. 왜냐하면 인간은 그곳으로 돌아가고 애도하는 자들은 골목을 배회하리니…"라는 구절을 인용하고 있다.

> 저의 매일매일의 기도는 스스로의 내부 세계에 진실하고자 하는 것, 위축되지 않도록 간절히 비는 것입니다.

* Moses Mendelssohn(1729~1786) : 독일의 계몽주의 작가.

헤세는 1896년 4월, 고독을 하소연했던 카프 박사에게 이렇게 편지했다. 그는 자기가 벌써 2~3개월째 저녁 시간과 일요일을 완전히 혼자 지내고 있다고 얘기하고 있다.

> 이상한 일이지만 저는 어린 시절부터 고독(孤獨)하도록 만들어진 모양입니다. 고독은 이제 제 오래된 친구가 되었습니다. 저는 친구도 없습니다. 그것은 제가 자존심이 강한 데다가 누구하고도 친구가 돼 보려고 애쓰지 않는 까닭인 것 같습니다. 3년 동안 저는 혼자 생각하고 혼자서 노래 부르는 데 습관이 들었습니다.

이런 말들은 기분에 젖어 하는 말이기 때문에 글자 그대로 받아들일 수 없다. 그것은 같은 시기에 쓰였던 다른 편지의 내용과 일치하지 않는다. 헤세는 튀빙겐에 와서 괴핑겐과 마울브론의 학창 시절 친구들을 만났으며 그들과 함께 학생 모임에 참가하기도 했다. 그는 헤링 교수댁에 방문하기도 했고, 에버하르트 괴스의 신학 제자 중 한 사람과 친해져 그와 함께 튀빙겐 시절 초기를 같이 보내기도 했다. 그러나 헤세는 언제나 고독했고 국외자였다. 서적 판매 수습사원인 그의 처지는 자기보다 나이가 많고 자유 시간이 많은 친구들과 교제할 충분한 시간을 마련해 주지 못했다. 그는 점점 뒤로 물러나 저녁 시간 속으로 빠져 들어 갔다.

> 좋은 책이나 읽을거리가 없는 시간은 한 시간이라도 큰 손실인 것 같은 기분이 든다. 허비해 버린 순간들이 너무도 무겁게 내 마음을 짓누른다.

그가 몰두해 있던 책의 세계와 문학의 세계는 친구나 사회생활을 대신하고 있었다. 헤세는 어떤 스승이나 가까운 친구도 자기 세계 속에 참여시키지 않는 자기만의 제국을 세웠다.

> 낮의 일은 피곤했다. 그것은 먼지를 떨어 버리고 싶은 욕망을 깨우쳐 주었으며 또 정신적인 즐거움의 매력을 배가해 줄 뿐이었다…. 내 인생을 가치 있게 하는 것은 내 개인적인 생활, 내 공부일 뿐이다.

그는 어려운 상태를 잘 견뎌 나갔다. 그는 완전한 자유가 공부를 더 많이 하는 데 도움이 되리라고 생각하지 않았다.

이 외로운 독학의 중심은 괴테의 작품들이었다. 매혹되

고 사로잡힌 채 헤세는 얼마 동안 괴테 이외의 작품은 하나도 읽지 않았다.

> 이상하게도 괴테를 독파하여 그를 판단의 기준으로 놓자 배우는 것이나 판단하는 것이 훨씬 쉬워졌다.

괴테는 그에게 '안정감'을 주었고, 그를 교육했으며 특히 '조화'에 대해 가르쳐 주었다. 그는 괴테가 쓴 《여우 라이네케(Reineke Fuchs)》에 몰두했으며 《빌헬름 마이스터(Wilhelm Meisters)》와 《시와 진실(Dichtung und Wahrheit)》은 그의 복음서가 되었다. 그러나 《파우스트(Faust)》는 별로 좋아하지 않았다. 헤세는 괴테의 일생, 편지, 에커만과의 대화에도 많은 관심을 가졌고 괴테부터 시작해서 레싱, 실러, 그리스 신화, 베르길리우스, 호메로스 등을 읽었다.

헤세는 1932년 〈괴테에게 보내는 감사문〉에서 "많은 독일 작가 중에서 내가 가장 감사해야 하는 사람은 괴테다. 그는 나를 매혹했으며 가장 내 관심을 끌었던 작가였고 내가 자기의 후계자가 되거나 적대자가 되도록 강요했다"라고 얘기하고 있다. 1898년 10월 2일 서적 판매 조수로 승진해 경제적으로 자립하게 되면서 헤세는 부모에게 이렇게 편지했다.

부모님께 했던 잘못을 생각할 때도 그렇지만 결국 제가 장사 일보다는 무엇인가 좀 더 나은 일을 해야 하지 않을까 생각할 때면 마음이 괴로워집니다. 조용히 생각하면 생각해 볼수록, 그리고 하고 있는 일을 좀 더 좋아하면서 열심히 해 보려고 노력하면 노력할수록 이상한 열등감에 자꾸만 사로잡힙니다. 지금 제 일이란 결국 사고파는 것뿐입니다. 저녁이 되면 저는 책의 바깥 세계에서 안의 세계로 들어와 문학사나 사상사를 체계적으로 공부하면서 미래에는 좀 더 가치 있는 사람이 되고자 노력하고 있습니다.

당시 그를 매혹한 것은 낭만주의자들이었다. 브렌타노, 아이헨도르프, 티크, 슐라이어마허와 슐레겔을 읽었으며 그들의 편지를 연구했고 그들과 같은 작가가 되고자 했다. 가장 매혹한 작가는 노발리스였다.

나는 그가 가장 훌륭한 독일 시인이라고 생각한다. 그는 한 단어도 불필요한 장식이나 수사는 사용하지 않았다.

전에 좋아하던 바이올린도 별로 손대지 않은 채 헤세는

오직 문학적인 자기완성에만 몰두했다. 그는 점점 고독해졌고 독서에만 몰두했으며 현실과는 멀리 떨어진 꿈의 세계로 침잠하고 말았다. 그는 이른바 '시적인 범신주의'라고 부를 수 있는 세계관을 갖고 있었으며, 걱정을 하는 부모에게는 기독교에 대한 신앙이 자기에게 강하고도 생생한 힘을 주고 있다고 고백하고 있지만, 작품을 통해서 보면 그것은 기독교에 대한 신앙이 아니라 '아름다운 세계'에 대한 신념이었다.

1897년 10월에 그는 "오래전부터 나는 예술가에게는 미학이 도덕을 대신할 수 있다는 굳건한 믿음을 갖고 있다"라고 말하고 있다. 이 위험한 미학이 헤세 초기 시의 배경이 되고 있다. 그것은 또한 《자정 뒤의 한 시간(Eine Stunde hinter Mitternacht)》과 《헤르만 라우셔》와 《페터 카멘친트(Peter Camenzind)》에까지 그 영향을 끼치고 있다.

저녁이면 독서를 하면서 공부하는 이외에 헤세는 스스로 창작을 해 보기도 했다. 자주는 아니었지만 그의 작품은 차츰 잡지에 실리게 되었다. 적은 액수지만 처음으로 원고료를 받았을 때 그는 자랑스러운 기분이었다. 빈에 있는 '시와 평론을 위한 모임'인 《도이체스 디히터하임》 제5권에 1896년에 발표한 〈마돈나〉라는 시가 아마도 헤세의 데뷔작일 것이다.

이 잡지는 계속해서 헤세의 시를 실어 주었다. 시 대부분이 나중에 시집 《낭만적인 노래(Romantische Lieder)》에 실리게 되었다. 당시 헤세는 발표된 것보다 훨씬 더 많은 시를 쓰고 있었던 것 같다. 《도이체스 디히터하임》의 편지철을 보면 거절의 편지를 띄운 흔적을 찾아볼 수 있다.

> 튀빙겐의 헤르만 헤세, 어쩌면 그렇게 인간에 대해 혐오적일까! 20행만 봐도 '대중'에 대한 '구토감'이 두 번씩이나 표현되어 있다. 특히 마지막 절이 아름다운 두 편의 시는 아깝다. 서두와 중간만 좀 그럴듯하면 쓸 만한데.

당시의 헤세의 사상은 1897년 9월 작곡가 쇼팽에 관해 쓴 시에 대해 불만을 이야기한 부모에게 보낸 헤세의 답장에서 잘 나타나고 있다.

> 니체와 바그너의 관계, 그것이 바로 저와 쇼팽의 관계입니다. 아니 그 이상인지도 모르지요. 쇼팽의 따스하고도 생생한 멜로디에, 자극적이면서도 세련되고 예민한 멜로디에, 속되지 않고 친밀한 음악에 저의 정신세계의 모든 본질이 매달려 있습니다. 저는 쇼팽이라는

> 존재의 그 고상함, 세련미, 귀족성을 찬미합니다. 아무리 속된 것일지라도 그에게서는 모든 것이 고귀합니다.

그러나 헤세는 카프 박사에게 자기 작품에 대해서 "정서적으로도 하류며 긴 한숨" 외에 아무것도 아니라고 악평하고 있다. 그러나 시를 쓰는 데 얼마나 진지했던가는 그가 얼마나 언어의 법칙, 산문과 시의 법칙에 몰두했던가를 통해서 알 수 있다.

> 언어상의 화음 법칙을 연구하여 내적인 리듬의 수수께끼를 풀어 어슴푸레한 예감 속에서 '정서의 법칙'이라고 부르는 영원한 생성의 비밀스러운 영역까지 파고 들어간다는 것은 정말로 멋진 일이 아닐 수 없다.

최초의 시집은 1898년 드레스덴에 있는 E. 피어슨 출판사에서 나왔다. 당시 많은 젊은 시인들이 다소 자금을 대면서 거기서 책을 내고 있었다. 첫 시집은 《낭만적인 노래》로 적은 부수를 찍었을 뿐이다. 거기에는 노발리스의 시가 서두에 나온다.

> 보아라, 너희들과 같은 나라에서

쫓겨난 나그네가 여기 있다.
세월이 그에겐 슬프기만 하다.
행복한 날은 벌써 다 지나가 버렸으니.

〈아름다움에게〉가 그 시집에 나오는 첫 번째 시다. 제3절은 다음과 같다.

언쟁과 위험은 이제
시간의 어두운 흐름 속으로 사라졌다.
내 고독만이 끝없이
멀리 퍼져 가는데
녹색과 금빛과 하늘은 사라져 갔다.
괴로운 내 영혼의 언덕 저 너머
거기엔 그리운 고향이 있건만.

그리움, 향수, 지친 듯한 슬픔, 우울한 풍경과 음색이 이 시들을 지배하고 있다. 그것은 고독에 찬 꿈과도 같은 세계로 현실에 대한 항시적 불안, 비판과 거부 반응을 보여준다. 형식 면에서 뛰어난 재능을 드러내는데 언어의 멜로디와 리듬에 상당한 안목을 갖고 있어 절마다 완벽히 조화된 음향을 들려준다. 1898년 12월 2일, 그가 시의 원고를 읽어 주면 거기에 대해 조심스럽게 논평하던 어머니에게 보낸 편지에서 헤세는 이렇게 썼다.

> 《낭만적인 노래》는 제목 자체가 하나의 미적인 고백 또는 개인적인 고백입니다. 이 작품을 통해 내게는 한 시대가 끝났으며, 장래의 시는 전혀 달라지리라는 것을 알고 있습니다. 이 원고는 올해 초에 완성된 것으로서 그 후 저는 더 외로워지고 조용해지고 투명해졌습니다. 시의 편집이나, 어떤 시를 탈락시키고 다른 시를 선택하는 과정은 개인적인 편견에서 이루어져서는 안 된다는 생각이 듭니다. 이 책은 뒤죽박죽 뽑은 것이 아니라, 전부 낭만적인 주제 위에서 쓰인 일련의 변주곡입니다.

〈자정 뒤의 한 시간〉은 《낭만적인 노래》에 나온 시였다. 그런데 그 제목은 헤세의 두 번째 책인 산문집의 제목으로 그대로 채택되었다. 산문집은 B. 드루그린 인쇄소에서 인쇄되어 1899년 가을에 라이프치히에 있는 오이겐 디더리히스 출판사에서 나왔다. 헤세는 전부터 시를 통해서 출판사 사장의 부인인 헬레네 포크트와 서신으로 연결돼 있었고 산문집이 그 출판사에서 나오게 된 것도 부인의 추천에 의해서였다. 디더리히스는 600부 인쇄를 제안했다.

그는 그 책이 상업적인 성공을 가져올 것이라고는 생각지 않았지만 문학적인 가치에 대해서는 높이 평가하고 있었다. "600부도 다 팔지 못할 것으로 생각했지만 책의 장정이라도 훌륭하게 만들어 알려지지 않은 이 작가의 이름을 조금이라도 알려 보려고 했다." 1940년, 후에 나온 이 책의 재판(再版) 서문에서 헤세는 이렇게 썼다.

> 내 첫 산문집 제목은 나한테는 그 의미가 확실한 것이지만 많은 독자들한테는 아마 그렇지 못할 것이다. 내가 이 제목을 통해서 암시하려고 했던 것은 내가 살았던 왕국, 일하면서 내가 그 안에 들어가 있던 꿈의 나라, 그리고 시간과 공간 사이 어딘가에 신비롭게 있으리라고 생각하는 그런 시간을 뜻한다. 처음에는 제목이 《자정 뒤의 100마일》이었으나 그것은 동화 《크리스마스 뒤의 300마일》과 너무도 흡사했다. 그래서 나는 《자정 뒤의 한 시간》이라는 제목을 생각해 냈다. 나는 이 산문집에서 예술가의 꿈의 나라와 아름다운 섬을 만들어 내고자 했으며 질풍과 파멸로 가득 찬 낮 시간에서 벗어나 밤과 꿈과 고독의 세계를 보여 주고자 했다.

릴케는 논평에서 이 책을 높이 평가하고 있다. "이 작품의 뛰어난 문장들은 필연적이고 독특하다. 그 속에 담긴 경외심은 진지하고 깊다. 그 사랑은 위대하며, 담긴 모든 감정은 경건하다. 이 작품은 예술의 극한에 서 있다." 헤세는 빌헬름 폰 숄츠가 지적하고 있듯이 마테를링크*가 이 작품에 미친 영향을 인정하고 있다. 그는 또한 당시 '내향성'이라고 불리던 어느 정도 병적인 형식을 위험하게 추구하고 있었다는 것도 고백하고 있다.

튀빙겐에서 지낸 마지막 2년 동안 헤세는 '작은 문학회'라고 불리는 한 무리의 친구들과 사귀었다. 그들 중 하나는 루트비히 핑크였는데 법과 대학생이었던 그를 헤세는 다음과 같이 평했다. "재주가 있고, 부자였지만 아주 겸손하고 훌륭한 사람이었다. 그는 문학에 대해서, 전반적인 예술에 대해서 굉장한 관심을 갖고 있었다. 그의 시나 단편은 부드러움과 향기와 감상으로 가득 찬 것들이었다." 그 그룹의 두 번째 인물은 카를로 하메레레였는데 그는 "언제나 많은 의문을 가진 채 해답을 구하지 못해 애썼으며, 법학자였으며 철학자였다"라고 말했으며, 오스카 루

* Maurice Maeterlinck(1862~1949) : 벨기에의 상징주의 작가.

프에 대해서는 이렇게 말했다. "조용하고 부지런하고 원만한 사람으로서 말하기보다는 남의 얘기 듣는 것을 더 좋아했다. 그러나 그가 없으면 금방 보고 싶어지는 사람이었다. 우리 네 사람은 일주일에 한 번씩 저녁 7시 반부터 8시 사이에 모여 함께 맥주를 마셨다. 우리는 다른 대학생들처럼 소란스럽지는 않았지만 재미있게 지냈다." 후에 그 그룹에 쇠닝과 오토 에리히 파버가 더 끼었다. 헤세는 핑크와 가장 가깝게 지냈는데 핑크는 곧 법학을 집어치우고 약학을 공부했다. 1899년 8월 31일 조네발트는 출판사를 떠나는 헤세에 대해 "부지런하고 충실하고 정직하고… 상당한 학식도 갖고 있으며… 겸손한 태도와 훌륭한 성격으로 앞으로 장래가 약속된다"라고 썼다.

1899년 8월, 튀빙겐을 떠난 헤세는 새로 일하게 된 칼프로 곧장 가지 않고 '작은 문학회 '친구들과 함께 슈바벤의 알프스 산등성이에 있는 키르히하임이란 곳에 가서 1899년 8월 한 달 동안 쉬면서 즐겁게 보냈다. 그곳에서 헤세는 여관 주인의 조카딸인 '루루'라고 불리는 유리 헤르만을 알게 되었다. 헤세와 친구들은 모두 그녀를 좋아했다. 그래서 헤세는 "이별을 고하고 여행을 떠나는 대신 이 사랑의 동화의 그물에 몸을 묶어 보았으면" 하고 생각할 정도였다. 루트비히 핑크 역시, 후에 그 시절을 회상하면서 글을 쓴 적이 있고, 헤세의 《헤르만 라우셔》와 많은 시 속에도 이곳 키르히하임의 우울하고도 즐거웠던 추억을 찾아볼 수가 있다.

나의 유일한 희망은 바젤로 가는 것이었다. 거기에서 무엇인가가 나를 기다리고 있는 것만 같았다. 그래서 나는 바젤의 서점원 조수 자리를 구해 보느라고 온갖 애를 썼다. 그것은 성공했다. 1899년 가을에 나는 당시까지 출판된 니체의 작품과 액자에 넣은 아르놀트 뵈클린*의 〈죽음의 섬〉 복사화를 가방에 넣고서 다시 바젤로 갔다. 나는 이제 어린아이가 아니었고 옛날의 바젤, 즉 신학교나 그런 분위기에 대해서는 이제 아무 관심도 없었다. 나는 시집을 한 권 내놓았고 쇼펜하우어를 읽었으며 니체에 열광하고 있었다. 내게 바젤은 무엇보다도 니체와 야코프 부르크하르트**와 뵈클린의 도시였다.

* Arnold Böcklin(1827~1901) : 스위스의 상징주의 화가.

** Jacob Burckhardt(1818~1897) : 스위스 태생의 철학자 · 문화학자.

베를린이나 뮌헨 같은 새로운 문학 중심지가 아닌 오랜 역사와 높은 문화의 도시인 바젤이 헤세의 마음을 끌어당기고 있었다. 그가 옛것에 관해 관심을 가지고 있었다는 것은 시인으로서 그의 장래 운명과 잘 일치한다. 그는 직업에 관해서 별로 변한 것이 없었다. 서점 조수로서 그는 다시 판매대나 책상 뒤에 서 있게 되었다. 그는 잡지를 발송하고 재고나 카드를 정리하고 엽서를 보내고 간단한 장부를 쓰면서 지냈다. 네 명의 동료와 한 명의 수습사원과 함께 그는 라이히슈 서점에서 일을 했다.

어린 시절부터 바젤을 잘 알고 있었지만 이제 그 도시는 새로운 세계로 그에게 나타났고 눈을 넓혀 주었다. 또 그는 부모와의 연관으로 바젤의 영향력 있는 집안에 드나들게 되었다.

> 어느 일요일에 나는 역사가이며 집정관인 R. 바컬나겔의 집을 방문했다. 그는 브룬게스리 근처에 있는 뷔르템베르거 호프 뒤에 살고 있었는데 아버지가 나를 그 사람에게 소개했던 것이다. 그는 나를 친절하게 맞아 주었고 얼마 안 가 가르텐가세에 사는 야코프 바컬나겔에게서도 환대받았다. 나는 곧 대학과 연관 있는 바젤의 집안과 친해졌고 젊은 지식인들도 알게 되었다. 내

가 자주 만나던 사람은 요엘, 뵈프린, 메츠, 베르토레트, 요하네스 할러 등이었다.

이들은 모두 수십 년간 바젤 정신세계의 지도자였으며, 그곳 학계를 설립한 어떤 사람의 영향을 받고 있었는데 그의 이름은 야코프 부르크하르트였다. 야코프 부르크하르트는 세상을 떠난 지 몇 년 안 된 사람이었다. 나는 그의 작품《이탈리아 르네상스의 문화(Die Kultur der Renaissance in Italien)》를 튀빙겐에서 읽었고《콘스탄티누스 대제의 시대(Die Zeit Constantins des Großen)》을 바젤에서 읽었는데 당시 니체에 너무나도 매료되어 있었기 때문에 부르크하르트의 직접적인 영향은 별로 많이 받지 않았다. 그러나 그의 간접적인 영향은 굉장한 것이었다. 나는 지식, 흥미, 독서, 여행, 사고방식, 역사에 대한 인식 면에서 야코프 부르크하르트에 의해 말할 수 없이 강한 영향을 받았으며 또 그를 규범으로 하고 있는 사람들의 모임 속에서 살고 있었다.

말년에 헤세는 자기를 감동시키고 교육하고 형성한 세 가지의 강렬하고도 생생한 영향이 있는데, 그것은 첫째 '가정의 기독교적이며 거의 비(非)국가적인 정신'과 '위대한 중국 작가들에 대한 독서'와 그리고 마지막으로 '신뢰와 존경심과 감사한 마음을 가지고 있는 역사가 야코프 부르크하르트의 영향'이라고 말한 적 있다. 집정관이며 도시 역사의 서술가인 바컬나겔의 집에서 그는 고향과도 같은 분위기를 맛보았으며 그 집안과 라로슈 집안의 저녁 음악회를 통해서 옛 문화와 극히 세련된 사교 사회를 알게 되었다. 그리고 바젤이란 도시는 그에게 조형 예술의 세계를 알게 해 주었고 감각적인 미에 대한 눈도 뜨게 해 주었다. 거의 매일 그는 사원을 찾아갔고 긴 시간을 진열실에서 보냈다. 그는 부모에게 이렇게 편지했다.

> 예술 작품들로 둘러싸여 지낸다는 것이 제게는 말할 수 없이 즐겁습니다. 마치 내부 전체가 이제까지 잠을 자고 있다가 갑자기 눈꺼풀 위로 햇살이 비쳐 잠을 깨게 된 듯한 기분입니다. 몇 년간 오로지 책에 관한 일만 하고 문학에만 열중하다 보니 감각적인 아름다움에 대한 갈증이 일어나는군요. 저의 책상과 침대는 요즘 예술 잡지와 르네상스 미술의 복사화로 가득 차 있습니다. 그것들을 오리고 정리하면서 하루를 보냅니다.

가장 좋아한 것은 뵈클린의 작품이었다. 그는 자주 미술관의 뵈클린 작품 진열실을 찾아갔으며 특히 작품 〈비타 솜니움 브레베(Vita somnium breve)〉를 보고 강한 인상을 받았다. "그 작품은 함축적인 것, 비유적인 것에 대한 기쁨을 만족시켜 주었을 뿐만 아니라 나의 현대적인 색채감에도 충분한 만족을 주었다." 서서히 헤세는 현실에서도 새로운 관계를 맺기 시작했다. 그는 점점 자신감을 갖게 되었다. 1899년 12월 12일, 그는 친구 핑크에게 이렇게 썼다.

> 많은 희생을 치르고 이제 목표를 찾아냈네. 나는 이곳 바젤 고서점에서 일하면서 비싼 고서를 팔고 있어. 그러나 나는 아직 아무도 쓰지 않은 그런 것을 써 볼 생각이야. 낭만적인 시절은 지나갔고 루루 역시 하늘에서 반짝이는 성스러운 별에 지나지 않아. 여기에서 나는 친구들을 사귀게 되었네. 자네도 이곳 바젤과 리헨에 와서 바컬나겔이나 라로슈 집안을 방문하고 라인 다리 위에 서서 강물이 흘러가는 소리에 귀를 기울여 보게나.

바젤에서 첫해를 보낸 뒤 헤세는 부모에게 "저는 직업과 사생활과 사교 생활 사이에서 상당히 행복하게, 바쁘고 긴장된 삶을 살고 있습니다"라고 편지했다.

> 그리고 내적 세계와 문학상의 계획도 점점 명확해지고

방향을 잡는 것 같습니다. 아직도 방해가 되는 일, 걱정이 되는 일이 많기는 하지만 저는 사상, 자아 관찰, 결정, 성취 면에 있어서 지나간 다른 어떤 해보다 올해에 풍부한 경험을 했습니다. 고통과 갈등이 어느 정도 지난 지금 무엇보다도 먼저 다시 한번 즐거운 인생과 청춘을 되찾아 지금까지의 먼지가 끼고 불우했던 제 존재를 안으로 밖으로 먼지를 털고 햇빛 속에 드러내 보고 싶습니다.

예술과 역사의 체험은 새로운 자연 체험과 연결되었다. 자연과 전통은 그를 일생 동안 따라다니며 힘이 되었다. 헤세는 스위스를 두루 여행했으며 특히 피어발트슈테터 호 근방도 여행했다. 일요일이면 유라산으로 소풍을 가기도 했고, 슈바르츠발트 남부로 여행하기도 했다. 여름이나 겨울에는 베르너 오버란트의 그린델발트나 고트하르트까지 먼 여행을 했다. 그가 가장 좋아한 것은 비츠나우와 브루넨 근처의 호수에서 노를 젓는 일이었다. 배 바닥에 누운 채 몇 시간씩 색채의 변화를 지켜보기도 하고, 나비나 구름을 바라보면서 꿈을 꾸기도 했다.

하루 종일 보트 속에서 지냈다. 가벼운 배 한 척, 노 젓

다가 심심할 때 피울 시가와 플라톤 책 한 권, 낚시 도구, 이것이 내 장비였다.

1901년 3월 그는 이탈리아를 여행했다.

오랫동안 기대해 왔고 그 기쁨을 아껴 왔던 최초의 이탈리아 여행이었다. 나는 밀라노를 지나 피렌체로 갔으며 몇 주를 토스카나에서 보내다가 볼로냐와 라벤나를 구경했고, 파도바에 잠깐 머물렀다가 베네치아로 갔다. 돈이 많지 않아서 아주 어렵게 지냈다. 얼마나 불안한 마음으로 현금 잔고와 이탈리아에서 보낼 날들을 계산해 보았는지 모른다. 나는 예정했던 것보다 일주일 더 그곳에서 지냈다. 초라하게 지내면 지낼수록 나는 그만큼 더 행복했다. 그렇게 함으로써 나는 베네치아를 행복한 곤돌라 사공들보다도 더 잘 알게 되었기 때문이다.

그는 문학에 열중해서 저녁 시간을 보냈다. 특히 예술사를 열심히 읽었고, 창작에도 많은 시간을 보냈다. 가끔 그의 단문, 시, 비평이 발표되기도 했다. 헤세는《알게마이네 슈바이처 차이퉁》의 편집자인 한스 트로크를 알게 되었고, 그가 일하는 라이히 출판사에서 1901년 《헤르만 라우셔의 유작 시와 산문》이 출판되었다. 헤세는 편집자인 것처럼 되어 있는데 이 책은 87페이지밖에 안 되는 작은 책이었고 적은 부수만 인쇄되었다. 그러나 그 책은 〈루루〉와 〈잠 안 오는 밤〉이 추가되어 1907년 '헤르만 라우셔'라는 제목으로 다시 출간되었다. 이 작품에 대해서 헤세는 이렇게 말한다. "그 책은 세상과 현실을 정복해 보려는 시도였으며, 일부는 부끄러움 때문에 일부는 오만함 때문에 고독해지는 위험성으로부터 벗어나 보려는 시도였다."

이 작품은 《자정 뒤의 한 시간》보다는 한 걸음 진보한 작품이었다. 이후의 작품들 속에서 보이는 많은 형식, 테마, 색조가 이미 이 작품 속에서 보이고 있다. 《헤르만 라우셔》는 흔히 고백서라고 일컬어지는데, 그것은 이 책 속에 바젤에서 보낸 젊은 시절의 추억뿐 아니라 1900년의 일기까지도 담겨 있기 때문이다. 일기는 4월 7일에 시작하여 가을까지 계속되는데 당시 헤세의 정신 상태를 말해주는 재료이며, 열정적인 자기 모색의 증거일 뿐 아니라 예술가로서 발전해 가고 있는 그의 능력을 잘 드러내 보이고 있는 좋은 기록이다. 그는 멀리서 부끄러워하면서 사랑했던 라로슈의 딸 엘리자베트의 모습과, 함께 술 마시러 다니던 '실패자들 모임'이라는 별명을 가진 친구들 사이에서, 과거에 대한 우울과 고통스러운 자의식 사이의 갈등 속에서 이리저리 흔들리고 있었다. 그는 자신의 "우울로부터" 벗어나 보고자 했고 우울을 "물방울처럼 하늘 멀리 날려 보내고자" 했다. 그러나 그에게는 아직도 창백하고 시든 가을 같은 색조가 지배적이었다. 시인은 "제비꽃다발로 장식된 피아노 앞에 앉아 쇼팽의 야상곡 E 장조를 연주하고 있는" 아름다운 여인을 꿈꾸며, 세계고와 세계에 대한 권태감에 빠져 있었고 "거대한 변화와, 우리가 그 위에 무엇인가를 건설하려 하는 기반의 불안정성과 죽음과 우리가 헛되이 걸었던 수많은 힘든 길"에 대해서 생각하고 있었다.

미학에 대한 예찬, 아이러니와 세계 경멸에 대한 장난기, 전형적인 세기말적 분위기는 아직도 극복되지 못한 채 그대로 남아 있었다. 그러나 헤세는 점차 "진보 속에, 아니면 본질을 점점 명확하게 의식하고 간파하는 가운데 또는 미의 법칙 속에 삶의 기쁨과 의미가 어디엔가 있으리라는 것"을 이해하게 되었다.

이 일기의 스케치들은 상당한 형식미를 갖고 있으며 헤세가 분위기에 가득 찬 자연 묘사의 대가라는 걸 이미 잘 나타내고 있다. "스스로 점묘가(點描家)라고 생각할 수 있는 사람이 있을까? 무엇이 청록빛인가? 옥색이란 무엇이

지? 노랑, 코발트블루, 바이올렛 색깔의 그 묘한 아름다움을 어떻게 표현할 수 있단 말인가? 이 묘한 아름다움 속에 정서와 훌륭한 조화의 온갖 달콤함이 숨어 있다"라고 헤세는 말하고 있다. 《세 편의 스케치》는 산문으로 쓰인 서정적인 인상기인데 1901년 피어발트슈테터호 근처에서 쓰여 그다음 해에 출판된 것으로, 그가 가장 좋아하는 모티브, 즉 구름과 나비가 자주 나타나 있다. 시를 통해서 대중이 아니라 각 개인에게 무언가를 이야기하고자 했던 헤세는, 작품의 출간에 대해서는 별로 많은 가치를 두고 있지 않았는데, 나이가 들어서도 그는 시를 손수 베껴서 그것을 몇 안 되는 친구들에게 주는 것을 좋아했다. 이런 습관은 바젤 시절까지 거슬러 올라간다. 그는 친지에게 이렇게 말하고 있다.

> 올해 발표된 두 시 중에서 하나만이 발표를 염두에 둔 것입니다. 다른 하나—시 〈노투르니(Notturni)〉를 말함—는 소수의 친구들과 애호가들에게 주기 위한 것이죠. 저는 친숙한 사람들에게만 발표하고자 하는 이러한 시가 상업의 투기와 신문의 잔소리로부터 보호되어 우호적인 사람들에게만 읽히길 바랍니다.

1900년 7월에 헤세는 뢰어라흐 징병 사령부에 징집되었으나 심한 근시로 병역이 면제되었다. 군 복무나 무기 사용에 관해서 조금도 흥미가 없었기 때문에 다행인 일이었다. 그는 결국 '양쪽 안구 근육수축증과 왼쪽 눈 쇠약증' 진단을 1902년 7월에 받았는데, 그것이 그를 일생 동안 괴롭혀서 부친과 마찬가지로 신경통과 두통의 괴로움에서 벗어나지 못했다.

창작을 위한 더 많은 자유 시간을 갖기 위해서 라이히 서점을 나온 헤세는 칼프에서 잠시 머물렀다가 1901년 9월 1일, 플루크길에 있는 바텐빌 씨의 고서점에 취직했다. 상인이라기보다는 애서가인 주인이 경영하는 이 서점의 느릿느릿한 구식 운영 방식은 그의 창작 활동을 조금도 방해하지 않았다. 고서점 경영자인 율리우스 바울은 그 방면의 유능한 인물일 뿐만 아니라 그가 만난 사람들 중에서 "가장 순수하고 친절하고 진실하며 사랑할 만한" 사람이었다. 이후 그는 바울을 작품 《서약》 속에 또는 《싯다르타(Siddhartha)》에 나오는 사공 바수데바의 모습 속에 그려 넣고 있다. 이 고서점에서 헤세가 받는 월급은 100프랑도 안 됐다. 그것으로 생활을 해 나간다는 것은 불가능한 일이었다. 그러나 여러 신문과 잡지에 쓰는 이탈리아 기행문과 시집의 인세 덕택에 빚은 지지 않았다. 그는 한참을 주저하다가 1902년 3월 라이프치히에 있는 도서출판협회의 조수직이라는 유혹적인 자리를 수락했다. "굉장한 활동의 자유… 그리고 스위스에 좀 더 가깝게 살게 된 생활"이 라이프치히 직장의 장점이었다. 그해에 베를린의 그로첸 출판사에서 카를 부세에 의해 선집으로 나온《새로운 독일의 서정시인 전집》 제3권으로 헤세의 시집이 나왔다. 200개나 되는 그의 시는 주제에 의해 분류되어 실렸다. 그것은 〈방랑〉, 〈사랑의 책〉, 〈혼란〉, 〈아름다움에게〉, 〈남쪽〉, 〈평화〉라는 제목을 가진 주제였다. 서문에서 부세는 현대 문학의 신낭만주의적인 경향이 헤세에게 강렬하고도 개성적인 재능과 함께 나타나고 있는데, 그것은 레나우나 베를렌의 시에서 볼 수 있는 것과 비슷한 경향이지만 헤세에게는 시적인 특성이 더욱더 독특하다고 쓰고 있다. 이 시집에 실린 시 중에서 가장 강렬하고 주목할 만한 작품은 쇠크에 의해 나중에 곡이 붙여진 〈라벤나〉다.

나도 라벤나에 가 보았지.
그곳은 작고 죽은 도시,
책에서 읽었듯이
교회와 온통 폐허뿐.

길을 걸으며 주위를 돌아보면
거리는 지저분하고 눅눅하다.
천 년 세월 말이 없고
이끼와 잡초만이 무성할 뿐.

마치 흘러간 노래 가사와도 같다.
남의 이야기에만 묵묵히 귀 기울인 채
사람들은 웃을 줄 모른다. 밤이 늦도록
곰곰이 생각 속에만 빠져들 뿐.

이 시집은 어머니에게 헌정되었다. 그러나 어머니는 책이 나오는 것을 보지 못하고 1902년 4월 24일, 길고 괴로운 고통 속에서 세상을 떠났다. 어머니가 돌아가신 지 1년 뒤 헤세는 "생각해 보면 내가 정신적으로 가진 것 중 최고의 것은 전부 어머니의 덕이다. 나는 언제나 주위에 어머니가 살아 계심을 느낀다"라고 썼다. 어느 날 헤세는 예기치 않게 작품을 보내 달라는 출판업자 사무엘 피셔의 편지를 받았다. 스위스의 작가 파울 일그가 현대 문학에 중대한 영향을 끼치고 있는 이 출판업자에게 《헤르만 라우셔》에 대해 관심을 갖게 한 것이었다. 1903년 2월 3일, 헤세는 답장을 썼다.

저의 글이, 제게 친숙한 사건들을 현대의 형식 속에 표현해 보고자 하는 극히 개인적인 시도에 불과하기 때문에 책으로 별로 성공적이지 못하다는 사실에 대해서는 다시 말씀드릴 필요가 없겠지요. 저는 많이 쓰고 있지 못합니다. 그리고 오로지 개인적인 요구에 의해서 쓸 뿐입니다.

그는 당장에 작품은 보내지 못했지만 피셔에게 자기가 몇 년째 매달려서 일하고 있는 '작은 산문집'은 곧 보내 줄 수 있을 것 같다고 약속했다. 그것이 바로 1903년, 《노이에 룬트샤우》에 발표되었다가 1904년에 단행본으로 나온 《페터 카멘친트》인데 이 작품은 헤세의 이름을 널리 알렸으며 위대한 작가로 첫발을 내딛게 했다. 니미콘 출신 농부의 아들인 카멘친트의 이야기를 다루고 있는 이 소설을 통해 헤세는 라우셔 시대의 우울을 극복하고 있다. 더 건강해지고 건전해지고 더 젊어진 작가가 펜대를 잡고 있었다. 자연에 관한 것 또는 소박한 세계에 관한 것이 이 작품에서 아직도 너무 강조되고 있는 느낌이고 또 시대나 사회 또는 문명에 대한 비판이 미약한 것이 약점이지만, 산, 구름, 바다 등 자연에 대한 시어(詩語)의 강력한 리듬으로 전체적으로 극히 효과적이어서 헤세에게 예기치 못했던 놀랄 만한 성공을 가져오기에 충분했다. 카멘친트, 즉 헤세는 이렇게 말한다.

> 나는 거대한 작품 속에서 현대인을 자연의 조용한 삶과 연결 지어 하나로 만들어 보려는 의도를 갖고 있다. 나는 그들로 하여금 지구의 맥박에 귀 기울이게 하고 전체 생활에 참여하도록 하며, 충동 속에서 자신의 작은 운명을 잊어버리는 일이 없도록 하며 우리는 신이나 우리 자신의 창조물이 아니라, 아이들이며 지구와 우주 전체의 한 부분임을 알도록 하려 한다. 나는 사람들로 하여금 시인들의 노래나 밤의 꿈, 강, 바다, 떠다니는 구름, 폭풍우는 모두 그리움의 상징이며 그리움의 운반자라는 것, 그리움이 하늘과 땅 사이에 날개를 펴서 가득 채우고 있으며, 그 목적은 모든 살아 있는 생물의 불멸성과 시민 생활의 확고한 안전성을 구현하기 위한 것임을 상기시키려 한다.
>
> 나는 또한 사람들에게 자연에 대해 형제간의 사랑과 같은 우애 속에서 기쁨의 샘과 삶의 강물을 찾게 하려 했으며, 관찰과 방랑과 즐기는 방법을 가르치려 했으며, 현재 있는 것에서 기쁨을 찾는 것을 가르치고자 했다. 강한 언어를 통해서 나는 산과 녹색의 성(城)들로 하여

금 여러분에게 이야기하도록 했으며, 여러분의 집과 도시 밖에 매일 변화무쌍하게 뒤바뀌는 생활이 있음을 보여 주고자 했다. 나는 또한 여러분이 외국의 전쟁, 유행, 가십, 문학, 예술에 대해서 자신이 살고 있는 도시에서 화려하게 꽃피고 있는 봄이라든가 다리 아래로 흘러내려가고 있는 강물, 숲, 기차가 지나가고 있는 초원보다 훨씬 더 많이 알고 있음을 수치스럽게 생각하도록 하고자 한다. 또한 고독한 인간, 괴로워하고 있는 인간인 내가 이 세상에서 잊지 못할 기쁨의 황금빛 고리를 발견했음을 이야기해 주고, 여러분이 나보다 더 행복하고, 즐거우며 이 세상에서 더 큰 기쁨을 발견하게 되기를 바라고 있음을 말해 주고자 한다.

1951년, 《페터 카멘친트》를 연구하고 있는 어느 대학생에게 보낸 편지에서 헤세는 이렇게 썼다.

카멘친트는 세계와 사회로부터 벗어나 자연으로 되돌아가려고 노력하고 있습니다. 그는 용감하고 반쯤 센티멘털한 루소의 개혁을 뒤좇아 갔고 그런 식으로 시인이 되었습니다.

이러한 점이 또한 내 책의 특징이기도 합니다. 그러나

그는 도보 여행 단체나 어떤 청년단의 일원은 아닙니다. 그는 시끄러운 단체에 끼어 캠프파이어 곁에서 기타를 연주한다거나 토론을 하면서 밤을 지새우거나 하지는 않습니다. 그의 목표나 이상은 모임의 일원, 당원 중의 한 사람, 합창단 중의 한 목소리가 되는 것이 아닙니다. 그는 단체, 동료, 조직을 모색하고 있는 것이 아니라 그 반대의 것을 모색하며, 다수의 사람이 가는 길을 가려는 것이 아니라 자기만의 길을 가려 하고, 남과 함께 달리거나 어디에 적응하는 대신 자신의 영혼에 자연과 세계를 비추어 보고 그것을 새로운 형상 속에서 체험하고자 합니다. 그는 집단적인 삶을 위해 창조된 것이 아니라 자신이 만든 꿈의 세계에 사는 외로운 왕입니다.

내 생각에는 이 작품 속에 나의 전 작품을 관통하는 실끝이 보이는 것 같습니다. 나는 이제 카멘친트같이 병약하고 은둔자적인 태도를 갖고 있지 않습니다. 나는 작가로서 발전해 오는 동안 한 번도 시대의 문제를 회피해 본 적이 없으며 정치적 비평가들 말처럼 상아탑 속에 파묻혀 지낸 적도 없었습니다. 그러나 우선적으로 관심을 갖고 있던 문제는 나라, 사회, 교회가 아니라 각자의 인간, 인간성, 일회적이며 규격에 맞춰지지 않은 개인에 대해서입니다.

1903년 4월, 헤세는 피렌체에서 초대를 받고 이탈리아를 두 번째로 여행했다. 여행 동반자 중에는 마리아 베르누이가 있었는데 그녀는 바젤의 오랜 학자 가문 출신이었고 여동생과 함께 바젤에서 사진 아틀리에를 열고 있었다. 1904년 여름, 헤세는 아홉 살 연상인 그녀와 결혼했고 《페터 카멘친트》의 성공으로 자유로운 작가 생활을 이어 나갈 수 있었다.

드디어 그 많은 폭풍과 희생 뒤에 나의 목표는 달성됐다. 전에는 아주 불가능해 보였던 작가가 됐으며, 세계와의 길고 끈질긴 싸움에서도 이겼다. 나를 거의 파멸시킬 것만 같았던 학창 시절과 성숙기의 괴로움은 잊고 그것을 웃어넘길 수도 있게 되었다. 내게 실망했던 친구들과 친척들도 이젠 미소를 보내게 됐다. 나는 이겼다. 이젠 내가 어리석고 무가치한 짓을 한다고 해도 사람들은 나와 마찬가지로 그것을 매혹적인 것으로 받아들여 준다. 이제 나 자신이 몇 년 동안 얼마나 무서운 고독, 고행, 위험 속에서 살아왔는가를 알았으며 이러한 인식의 따스함은 나를 즐겁게 해 주었다. 나는 만족할 줄 아는 인간이 되기 시작했다.

보덴 호숫가

헤세의 가장 아름다운 동화인 《꽃창포(Iris)》에는 〈미아에게〉라는 헌사가 실려 있다. 이 작품은 1918년에 나왔다. 헤세는 이 작품을 갓 결혼한 부인에게 헌정하고 있다. 이 동화는 어머니의 정원에 있는 수많은 꽃 중에서 푸른 꽃창포를 사랑한 소년 안젤름에 관한 이야기다. 그는 자란 뒤에도 꽃창포라는 같은 이름을 가진 여자를 사랑하게 된다.

> 그녀는 아내로 맞아들이기에는 좀 나이가 많았다. 그녀는 독특했고 그녀와 함께 살면서 학문적인 욕구를 추구한다는 것은 꽤 힘든 일이었다. 그런 것에 대해서 그녀는 흥미가 없기 때문이다. 그녀는 또한 건강하지 못해서 모임이라든가 파티에도 참석할 수 없었다. 그녀는 꽃과 음악과 책 속에서 조용한 가운데 사는 것을 좋아했고 누군가가 자기를 찾아 주기나 기다리면서, 세상에 대해서는 그냥 제 갈 길을 가도록 내버려두고 있었다. 너무나도 섬세하고 예민해서 낯선 것은 모두 그녀를 괴롭힐 뿐이었고 가끔 울기도 했다. 그러다가도 갑

자기 자기의 외로운 행복 속에서 조용히 그리고 부드럽게 빛을 발하곤 해서, 그것을 바라보는 사람은 이 아름답고 이상한 여인에게 무언가를 준다는 일, 그녀에게 무언가를 의미하게 된다는 일이 얼마나 어려운 것인가를 곧 느끼게 된다.

후고 발은 그의 헤세 전기에서 이 동화가 무엇을 의미하는가를 설명하고 있다. 어머니를 닮은 그의 아내가 이렇게 감미로운 동화 속에서 아이리스의 모습으로 나타나고 있는 것이라고. 결혼식은 바젤에서 거행되었다. 두 사람은 시골에서 사는 데 의견이 일치했다.

시골에서 소박하고 자연스럽게 비도시적이며 뒤떨어진 생활을 하기로 했다. 이렇게 결정한 이유는 톨스토이나 러스킨, 또는 모리스의 생각과 흡사한 것이었다. 우리는 우선 바젤 근처에 있는 마을을 찾아보았는데 에미스호펜에 있는 에밀 슈트라우스를 방문하고 나자 보덴호가 생각났고, 내가 칼프의 집에서 부친과 누이동생들과 함께 지내면서 《수레바퀴 아래서》를 쓰는 동안 아내는 운터 호숫가의 가이엔호펜에 있는 작은 마을을 찾아냈다. 거기에는 교회 건너편에 빈 농가가 한 채 있었다. 그 집이 마음에 들어 우리는 1년에 150마르크를 내고 세 들었는데 세는 싼 편이었다. 집 안에 있는 유일한 문화 기구는 부엌에서 불을 때는 사기로 만든 아름답고 낡은 난로였다. 물은 근처에 있는 우물에서 길어 와야 했고 가스나 전기는 근처에서 찾을 수가 없었으며, 기선 외에는 마을을 오고 갈 수 있는 방법이 없었는데 기선마저 물이 얼거나 폭풍이 불 때면 왕래하지 못했다. 그 외에는 우편 마차가 한 대 있었는데 기차 정거장까지 가려면 중간 마을마다 어찌나 오래 지체하는지 몇 시간씩 걸릴 지경이었다. 그곳은 바로 우리가 꿈꾸던 곳으로 소음이라고는 하나도 없고 깨끗한 공기와 호수와 숲으로 가득 찬 곳이며 숨겨진 새 둥지와도 같은 곳이었다.

헤세는 그 집의 절반을 빌렸다. 다른 쪽 반은 건초 창고와 마구간으로 집주인인 농부가 쓰고 있었다. 목조로 된 이 건물의 아래층에는 부엌과 방 두 개가 있었다. 2층에는 벽 가득히 책이 쌓여 있었고 탁자와 뮌헨에서 특별히 만들어 온 책상이 놓여 있는 서재가 있었다. 서재에서 밖을 내다보면 호수가 내려다보였다.

다른 어떤 집도 내게 주지 못한 무언가를 이 농가는 주었다. 그것은 그 집이 내게 있어 최초의 집이라는 점이었다. 그것은 내 결혼 생활 최초의 도피처였으며, 내 직업 최초의 작업장이었다. 그곳에서 나는 처음으로 안정감을 맛보았다. 그 집은 구속감을 주었고 내게 경계선 속에, 질서 속에 갇혀 있다는 느낌을 주었다. 그곳에서 나는 처음으로 아름다운 꿈속으로 들어가 스스로 선택한 곳에 가정을 꾸미고 내 방식대로 생활을 꾸려 나가기 시작한 것이다.

가이엔호펜 시절의 단면들은 1926년에 책으로 나온 《그림책》 중 '보덴호'라는 제목 아래 모여 있는데 그 당시의 생활과 문제가 잘 나타나 있다. 결혼해서 안정되자마자 헤세는 자기가 '속인의 나라'에 정주하고 있는 듯한 느낌이었으며 '편안한 태평 생활'이 도무지 마음에 들지 않았다. 안정이라는 것이 의심스러웠고 자기가 원하는 또 다른 무엇이 있는 것만 같은 생각이 들었다. 그래서 외투, 모자, 지팡이를 들고 정처 없이 밤중에 몇 시간씩 헤매는 일이 종종 있었다. 당시에 쓴 단편 속에서 그는 가이엔호펜의 저녁 시간을 묘사하고 있는데, 자신은 책상 앞에 앉아 낡은 사절판의 《오시안》 번역서를 읽고 있고 옆방에서는 부인이 피아노를 치고 있다.

그녀는 슈만의 짤막하고 조용한 곡을 치고 있었다. 나지막한 피아노 소리와 환한 불빛이 열린 문을 통해 흘러나오고 있었다. 그러다가 음악은 쇼팽으로 옮겨 갔다. 유리처럼 부드럽고 부끄러워하는 듯한 그 음향, 불투명하고 꿈속을 헤매는 듯한 음절, 우아한 음형(音形), 일그러질 정도로 흥분되는 화음. 화음과 불협화음을 거의 구별할 수 없을 정도다. 모든 것이 한계점 위에 서 있고 모든 것이 불확실하며 몽유병처럼 몽롱한데 이런 것들 가운데로 달콤하고 부드럽고 천진하고 순결한 멜로디의 가느다란 강물이 흐른다. 튼튼한 책상 앞에 앉아 머리 위에는 튼튼한 지붕이 있고 마실 포도주가 있고 기름을 가득 채운 큰 등잔이 환하게 불타고 바로 옆에는 문을 열어 놓은 채 여인이 앉아 쇼팽을 연주하고 있고 그리고 촛불…, 얼마나 아름답고 유쾌하고 편안한가. 그런데 갑자기 비누 거품처럼 한 가지 질문이 떠오른다. 너는 정말 행복한가?

이런 식의 감정이나 분위기는 헤세의 본질 속에 깊숙이 뿌리박고 있는 것이었다. 이러한 것들은 가이엔호펜 시절에는 아직 과중한 부담은 아니었으나 처음부터 어느 정도 위협을 주고 있었다. 그는 그것을 잘 알고 있었다.

> 하루 일을 하지 못한 채 애만 쓰다가 조금밖에 진척이 안 되고 내일도 그다음 날도 이런 식으로 나간다면 이 모든 날들은 걷잡을 수 없는 심연 속으로, 매장된 수많은 날들 속으로 굴러떨어지고 만다.

한순간이라도 유용하게 글을 쓰려는 생각은 수십 년간 그의 창작 생활의 바탕이 되어 왔다. 헤세는 그리움, 감정 또는 꿈을 가지고 놀고 그에 관해 생각해 보는 것을 좋아했지만 삶의 현실은 노동이었다. 나이가 많이 들어서도 그는 부지런히 일했다.

교회 근처에 있는 농가에서 헤세는 3년을 살았다. 1905년 12월 9일, 그곳에서 첫아들 브루노가 태어났고 많은 시와 단편이 쓰였다. 그러나 극히 원시적인 욕구만을 채워주고 있는 그 집을 떠날 때가 왔다. 마땅한 집을 찾아낼 수 없던 헤세는 아내의 의견을 따라 땅을 사서 집을 짓기로 했다.

> 별로 튼튼하지도 못한데 우리 두 사람이 그런 결정을 한 것은 오로지 가정적인 소시민 정신에서였다. 글쎄,

어떤 전원에 대한 이상이 조금은 작용했는지도 모르는 일이지만, 나는 한 번도 내가 그런 이상을 갖고 있다고 확실히 느껴 본 적은 없다. 당시에도 그랬다. 그러나 톨스토이와 예레미아스 고트헬프 등의 영향을 받아서 당시 독일에서는 도덕적이며 예술적인 동기로 도시를 피해 시골에서 생활해 보려는 움직임이 활발히 일고 있었으니 그런 아름답고, 아직은 불분명한 신념이 우리의 머릿속에 자리 잡고 있었는지도 모른다.

우리는 운터 호수가 훤히 내려다보이는, 마을에서 멀리 떨어진 곳에다 장소를 잡았다. 스위스 호반이 보이고 라이헤나우와 콘스탄츠 성당의 탑과 저 멀리엔 여러 산이 보였다. 집은 전에 살던 집보다 훨씬 크고 편리했으며 아이들, 하녀, 손님을 위한 공간까지 있었다…. 그러나 집보다 중요한 것은 정원이었다. 전에 한 번도 정원을 가져 본 적이 없었기 때문에 나는 몸소 땅을 갈고 씨를 뿌리고 돌보면서 지냈다. 그런 일은 몇 년 뒤에도 그대로 계속되었다. 나는 밤나무, 보리수, 오동나무를 심었고 너도밤나무 울타리도 만들었으며 딸기 덤불과 과일나무도 심었다. 그 옆에는 달리아를 잔뜩 심었고 길을 따라 양쪽으로는 무지무지하게 큰 해바라기를 수백 개나 심었으며 해바라기 아래에는 빨갛고 노란 여러 빛깔의 작은 꽃들을 수천 송이 심었다.

가까운 곳에 튀빙겐 시절부터 친구인 루트비히 핑크가 의사로 개업해 있었다. 핑크의 첫 번째 집은 지은 지 얼마 안 되어 신혼여행 중에 모두 불타 버리고 말았다. 헤세는 집을 다시 짓는 일을 도왔다. 두 사람은 보트와 낚싯대를 가지고 호숫가에서 즐거운 시간을 보내기도 했다. 보덴 호수 근처에 있던 다른 시인들, 에마뉴엘 폴 보트만, 빌헬름 폰 숄츠 등과도 이웃사촌처럼 지내게 되었고 먼 곳에서 헤세의 집을 찾아오는 작가들도 많아졌다. 슈테판 츠바이크는 처음 방문했을 때 낮은 문에 머리를 부딪쳐 15분이나 누워 있은 다음에야 일어나 이야기를 주고받을 수 있었다. 목사의 아들이었던 마르틴 랑은 헤세와 함께 시를 쓰기도 하고 나비도 잡고 술도 마셨으며 정원에서 함께 일을 하기도 했다. 빌헬름 슈센과 브루노 프랑크도 그곳의 손님이었다. 빌헬름 셰퍼, 에밀 슈트라우스, 야코프 샤프너, 알폰스 파켓 등 수많은 작가와 시인들이 이 모임에 끼게 되었다. 어느 날 바름브론 출신의 크리스티안 바그너가 거기에 나타났는데 그는 별난 시를 쓰는 농부로 당시엔 '농촌 시인'이란 이름 아래 별로 주목을 끌지 못하고 있었다. 헤세는 후에 그의 시를 출판했으며 이렇게 썼다.

남보다 더 깊숙이 귀를 기울이며 듣고 있는 사람들에게 이 고독한 시인은 가끔씩 훌륭한 작품을 쓰는 단순한 시인이 아니라 지금은 별로 관심을 끌지 못하고 있지만 미래에는 훌륭한 힘을 발휘할 독일의 본질과 사상의 한 형태이며 독일 정신의 증인이며 대표다. 그는 아달베르트 슈티프터의 작품 《얼룩 돌(Bunte Steine)》의 서문에 가장 잘 나타난 바와 같은 훌륭한 인식을 가진 무리에 속한다.

헤세는 특히 음악가, 미술가들과 좋은 우정을 맺었다. 오늘날까지도 가이엔호펜에 있는 횔리는 그 아름다운 운터 호수의 풍경으로 말미암아 많은 미술가를 붙잡아 두고 있다. 바젤에서부터 알고 지내던 막스 부허러도 오랫동안 가이엔호펜에 와서 살았으며 그가 떠난 뒤에는 화가 오토 블뤼멜과 루트비히 레너가 그곳으로 옮겨 왔다. 헤세는 프리츠 비드만과 북이탈리아를 여행했고, 샤프하우젠 근처 베레르에 있는 아틀리에에서 유쾌한 파티를 자주 열던 한스 슈투르체네거와 인도 여행을 했다. 또한 그는 알베르트 벨티, 쿠노 아미트, 구스타프 캄퍼를 알게 되었고 나중에는 에른스트 모르겐탈러도 그의 화가 친구 그룹에 끼게 되었다.

음악가들도 자주 왔다. 음악에 대한 강렬한 사랑은 어린 시절부터 그를 사로잡았다. 아홉 살 때 부모는 그에게 바이올린을 선물했는데 헤세는 그것을 연주하는 걸 좋아했으며 한 번도 손에서 놓지 않았다. 그의 부인은 뛰어난 피아니스트였다. 가이엔호펜 시절 초기부터 그는 알프레드 슈렝커 박사를 알게 되었다.

> 그는 콘스탄츠의 치과 의사였는데 아름다운 도시에 살고 있는 젊고 이상주의적이며 자유롭고 깊이 사색할 줄 아는, 예술에 굶주린 무리 중 한 사람이었다. 그들은 모두 굉장한 음악 애호가며 장려가였다. 내가 그에게 감사해야 할 것은 많지만 그중에서도 특히 감사하게 생각하는 것은 그가 나에게 당시 스물한 살이던 오트마르 쇠크를 소개해 준 것이다. 또한 그는 우리 세대의 스위스 음악가들, 특히 프리츠 브룬과 폴크마르 안드레아와 가깝게 지내고 있었다.

훌륭한 피아노 연주자며 작곡도 하고 있던 슈렝커는 헤세에게 오페라 대본을 써 보라고 충고했다. "그리하여 오페라 대본 〈피신자들〉을 썼는데 그것은 순진한 젊음과 발랄한 우정의 흥분 속에서 무모하게 쓰인 작품에 불과하다."

헤세와 금방 절친한 친구가 된 오트마르 쇠크는 가이엔호펜을 자주 방문하곤 했는데, "그는 수년간에 걸쳐서 세계의 문지기며 보호자였다. 그가 아니었더라면 나는 도저히 세계를 그렇게 직접적으로, 또 자유롭게 이해하지 못했을 것이 분명하다." 헤세는 그를 이렇게 회고하고 있다.

> 우리의 우정이 시작된 초기에 나는 그에 대한 감사의 선물로서 낭만적인 오페라 대본을 썼는데, 내가 그런 것을 썼다는 사실이나 그가 그 대본을 사용하지 않았다는 사실에 대해서 전혀 유감스럽게 생각하지 않는다.
> 내가 쇠크를 좋아하고 그를 귀한 인간으로 생각한 이유는 그가 자기 존재 속에 서로 대립되는 것들을 공존시키고 있으며 언제나 그런 위기 속에 지내고 있다는 점이었다. 건강함과 고통스러움, 소박한 기쁨에 대한 이해와 정신적인 것에 대한 이해가 서로 짝을 이루고 있었으며, 고통을 넘어선 고귀한 정신적인 것과의 조화 또는 투쟁, 어디서나 보이는 감각적인 능력을 그는 갖고 있었다.

헤세는 곧 지휘자 폴크마르 안드레아와 프리츠 브룬을

알게 되었으며, 가수인 일로나 두리고, 부소니, 에드윈 피셔 등과도 가까워졌다. 쇠크, 피셔, 안드레아, 그리고 많은 음악가들이 그의 시에 곡을 붙였다. 그들은 함께 취리히로 음악회나 오페라 구경을 갔고, 1911년 4월에는 안드레아와 함께 B단조 미사곡 초연을 들으러 밀라노로 가기도 했다.

> 작곡가, 지휘자, 거장, 가수 들과의 만남이나 우정은 나의 음악 생활에 꼭 필요한 것이었다.

이후 헤세는 위와 같이 회고했다. 음악은 그의 문학의 내용 · 언어 · 음향에 있어 강한 영향을 끼쳤다. 1910년, 헤세는 테오도어 호이스에게 "서정 시인인 내게 있어서는 멜로디에 대한 소망이 거대한 소재를 정복하는 일보다 더 간절합니다"라고 썼다. 헤세는 평생 많은 시인, 작가들과 연관을 맺었지만 미술이나 음악 쪽의 친구들도 굉장히 많았다. 그는 그들과 흉금을 털어놓고 지냈으며 그들과의 우정을 간절히 요구하고 있었다. 그것은 가이엔호펜에서나 베른에서나 이후 지내게 된 몬타놀라에서나 마찬가지였다.

헤세는 가이엔호펜 시절에 작가로서 빠른 성공을 거두

었고 대중에게도 인정받았다. 1904년 가을, 그는 바우에른펠트상을 받았으며 1천 크로네를 받았다. 슈바벤의 실러 협회는 그를 준회원으로 받아들였고 문학사가들은 그를 낭만주의 작가로 평가했으며, 이즐데 쿠르츠, 체자 플라이쉬렌, 슈센, 핑크 등 슈바벤 출신 인물들은 열을 가다듬어 최초의 '헤세 협회'를 만들었다. 헤세의 이름은 조금은 비꼬는 투로, 그러나 자만심에 차서 그가 부친과 누이들에게 알려 주고 있듯이 마이어의 백과사전에 실릴 정도가 되었다.

높은 평가를 받고 몇 판이나 다시 나온《페터 카멘친트》 뒤에 학교 소설인《수레바퀴 아래서》가 나왔다. 그 원고는 대개 1903~1904년 동안 칼프에 머물 때 쓰였다가 가이엔호펜에서 완성되었는데《노이에 취리히 차이퉁》과《쿤스트바르트》에 발표되었다가 1906년 피셔 출판사에서 나왔다. 그 책은 계속 재판이 나왔는데, 당시 유행하던, 흔히 비극적인 결말을 맞이하는 학생 소설 또는 청춘 소설의 유행과도 연관이 있다. 이 작품은 에밀 슈트라우스의《친구 하인》이나 프리드리히 후흐의《마오》 또는 로베르트 무질의《생도 퇴를레스의 혼란》과 흡사한 점이 많다.

그 뒤 2년 동안《이쪽 편(Diesseits)》과《이웃 사람(Nachbarn)》이 나왔으며 1912년, 이런 계열의 세 번째 작품으로 《우회로(Umwege)》가 나왔다. 이 작품 속에 실린 대부분의 이야기들은 전에 잡지에 실렸다가 뒤에 개고를 한 것들도 있다.

이 작품의 독특한 특징은 흥미롭다거나 잘 꾸며졌다거나 환상적인 사건이나 줄거리가 아니라 감미롭고 부드러운 분위기, 음악적이며 감각적이고 인상주의적인 문체 때문이다. 그리움과 부드러운 아이러니로 가득 찬 청춘 시절 경험이 작품의 내용이다. 그러나 그것이 사랑에 대한 눈뜸, 죽음과의 첫 대면 등을 통한 소년의 성숙 과정을 보여 주고 있든, 자연이나 풍경을 묘사하고 있든, 이 작품들은 모두 작가의 경험 세계를 착실히 간직하고 있다. 〈대리석 공장〉, 〈건초의 달〉, 〈라틴어 학교 학생〉, 〈태양옥 이야기〉, 〈청춘은 아름다워〉 등의 제목 몇 개만 열거해 봐도 그것은 모두 소박하고 전원적이며 소시민적인 좁은 세계에서 이루어진 것임을 알 수 있다. 이러한 교사나 수공업자들의 세계는 순수하며, 거짓된 감정이나 거짓 감상은 찾아볼 수 없는 세계다.

1909년, 짤막한 단편들보다는 규모가 좀 크지만 별로 성공하지 못한 소설 《게르트루트(Gertrud)》가 월간지 《펠하겐 운트 클라징스》에 발표되었다. 일인칭 소설로 된 음악가 쿤의 일대기로 주인공은 어려서 사고로 절름발이가 되나 예술가로는 성숙하게 된다. 사랑하던 소녀를 가까운 친구에게 잃지만 친구가 일찍 세상을 떠나자 그녀와 아름다운 우정을 맺게 된다는 내용의 이 소설은 헤세 자신이 소설이라고 부른 유일한 작품이다. 체념과 고독의 감정이 넘치는 이 작품에 대해서는 여러 가지 다른 반응이 있었다. 헤세는 콘라트 하우스만에게 "무작정 칭찬을 하는 이도 있었고, 작가를 실컷 천재라고 불렀다가 갑자기 바보라고 부르는 비평도 있었다"라고 쓴 적이 있었다.

> 주인공인 게르트루트가 명확하게 나타나지 못한다는 말은 옳은 말이다. 그러나 게르트루트는 내게 있어서는 주인공이라기보다는 일종의 상징이며 쿤으로 하여금 성숙해지도록 만드는 어떤 자극 같은 것이었다.

올라프 굴브란손은 이 작품에 매료되어 "당신의 게르트루트는 내 핏줄과 피부 속에 뜨거운 물결이 일게 했습니다"라고 전보를 쳤고 그 소설을 읽으면서 그린 스케치를 보내 주었다. 강한 감정에 휩싸여 자연을 노래한 서정시, 봄과 여름, 고독과 잠 안 오는 밤과 잃어버린 청춘에 대한 향수의 시들이 《도상에서》라는 헤세의 시집 내용이다. 당시 썼던 시들을 엄선해서 만든 이 시집은 애호가용으로 적은 부수만을 인쇄했는데 친구인 오토 블뤼멜이 예쁘게 장정했다.

우리, 7월에 태어난 아이들은
하얀 재스민 향기를 사랑한다.
꽃이 만발한 정원을 거닐면서
우리는 조용히 우울한 꿈속에 빠져든다.

밭에서 또는 뜨거운 담 위에서
이리저리 흔들리면서 붉게 타오르다가
꽃잎을 바람에 흩날려 버리는
주홍빛 양귀비가 우리의 형제.

전에 헤세는 서점원으로서 또는 고서가로서 문학론이나 문학 비평을 가끔 신문에 발표한 적이 있었다. 작가가 된 지금도 오로지 경제적인 이유 때문에 이러한 일을 계속해야만 했다. 그는 수년에 걸쳐 신문과 잡지의 문학 평을 담당했고 많은 서평과 문화 기사를 썼다. 이런 일은 그 분량 때문에 지속적인 노력과 많은 독서를 필요로 했는데 곳곳에 흩어져 있기 때문에 아직도 완전히 취합되지 못하고 있다. 노년에 이르기까지 헤세는 극히 주의 깊고 비판적인 현대 문학의 관찰자였으며 그의 논평이나 기사들은 흔히 상상할 수 있는 것보다도 훨씬 더 강한 영향을 문학 생활에 끼쳤다. 그는 한 번도 문학 논쟁이나 논박에 끼어든 적이 없었다. 그의 비평은 곧 선택이었다. 즉 그는 자기가 좋아하거나 공감하지 않는 책은 아예 비평하지 않았다. 1차 대전 직전의 헤세의 논평이나 비평집은 《프로피레엔》과 《슈바벤 슈피겔》 또는 《디 라인란트》, 《메르츠》 등에서 찾아볼 수 있다. 일주일에 두 번 발행되는 순수문학지 《프로피레엔》은 에두아르트 엥겔스에 의해 편집되었는데 《뮌셰너 차이퉁》의 정기 구독자를 위한 잡지였다. 1904년 가을부터 헤세는 그 잡지에 "현대 소설에 관하여"라는 상당히 긴 월평을 썼다.

이런 월평의 어느 서문에서 헤세는 자기가 "비평을 하거나 또는 단어들을 무게 달아 보고 있는 것이 아니라 최근에 나온 작품 중에 어느 것이 가장 뛰어난가를 선택해서 그것을 소개하는 일을 하고자 한다"고 말하고 있다. 그는 당시의 소설에 대해서 놀랄 만큼 낙천적인 견해를 갖고 있었다. 그러나 어떤 작품에 대해 평을 마구 써 갈기면서 그것을 어떤 파(派)나 사조(思潮)로 낙인찍는 태도에 대해서는 비판적이었다.

> 어떻게 내가 '이 사람은 상징주의자다' 또는 '자연주의자다'라고 확언할 수 있으며, '이 사람은 마테를링크의 제자다' 또는 '슈테판 게오르게와 같은 계열이다'라고 말할 수 있단 말인가?

헤세는 얼마 동안 '독일 예술과 문예'를 위한 월간지《디 라인란트》의 공동 발행인이었다. 그 잡지는 친구인 빌헬름 셰퍼가 발행하는 잡지였는데 원래는 조형 예술을 위한 것이었으나 문학에도 많은 관심을 갖고 있었다.

그러나 헤세가 잠시 평론을 싣는 것으로 그친 것이 아니라 루트비히 토마, 알베르트 랑겐, 쿠르트 아람(한스 피셔의 필명) 등과 함께 만들어 낸 잡지가 있으니 그것이《메르츠》다. 1896년에 이미《짐플리치시무스》라는 잡지를 창간한, 이념에 불타는 알베르트 랑겐이 '독일 문화를 위한 월 2회 발행'인 이 잡지의 발기인이었다.

그는 1905년, 가이엔호펜에 있는 헤세를 방문했고 그를 공동 편집자로 추대했다. 헤세는 수락했고 곧 그들은 루트비히 토마와 함께 뮌헨에 있는 랑겐 출판사에서《메르츠》를 발간하기에 이르렀다. 헤세는 이 잡지의 정치적 분야에 관해서는 관여하지 않았다. 그의 일은 문학에 한정되었다.

그러나 그는 《메르츠》의 자유주의적이며 민주적인 경향과, 정치관에 따라 국민을 결속시키고 평화를 구현해 보려는 그들의 노력에 동조하고 있었다.

그는 부친에게 "반대 견해를 가진 투쟁의 잡지가 필요하고 또 상당한 도움이 됩니다"라고 말하고 있다. 1907년 1월에 창간호가 나왔다. 1912년 12월까지 헤세는 그 잡지의 공동 발행인으로서 일했는데, 잡지는 1911년부터 주간 발행으로 변경되었고 전쟁 말기에는 테오도어 호이스가 운영했다.

수많은 헤세의 훌륭한 단편, 논문, 관찰, 서평, 비평과 '새로운 소설가'에 관해서 또는 '시집'이나 '소설'에 관해서 쓴 글, '값싼 책들'에 관한 글, '기발한 단편들'에 관한 글들이 이 잡지에 실렸다. 헤세는 이 잡지가 나중에 예술의 세계에서 도덕적이며 교육적인 문학 세계로 변모한 것에 대해서, "내적(內的)인 사명감 없이 비양심적으로 일하는 것"에 대해서 유감스럽게 생각하고 있었다. 그는 진실을 의무로 생각하고 있었다. 작품은 질에 대한 상당한 안목에서 선택되었으며 수준급의 작가들뿐만 아니라 젊고 알려지지 않은 재능을 가진 작가들에게도 기회가 주어졌으며 가끔씩 셀마 라겔뢰프, 스트린드베리, 쇼 등 외국 작가의 번역 작품도 실렸다. 한스 루트비히 가이거는 "출판된 수많은 문학 작품들이 금방 사라져 버리고 말았지만 《메르츠》에 실렸던 작품들은 오늘날까지 시간이 흘렀어도 별로 사라지지 않은 채 그 빛을 발하고 있다"라고 말했다.

헤세는 잡지 편집 일로 자주 뮌헨에 갔다. 그는 루트비히 토마와 가깝게 지내게 되었다. 헤세의 많은 작품을 실은 《짐플리치시무스》의 편집자인 라인홀트 게헤프 역시 그의 절친한 친구가 되었으며 《메르츠》를 통해서 슈바벤 출신의 정치가 콘라트 하우스만과도 절친한 친구가 되었다. 그는 1909년 10월 2일에 이렇게 쓰고 있다. "당신이 나의 친구라는 것이 즐겁고 위안이 됩니다. 내 신경이 나를 마음대로 휘두르기 시작하고 내가 인생을 그리 사랑하지 않게 된 지 수년 내로 나보다 더 건강하고 유능하며 쾌활한 사람이 나를 좋아하고 받아들일 때면 나는 기뻐집니다."

잡지 편집과 문학 비평 이외에 헤세는 이전 시인들의 작품을 재발행하는 일과 시 선집을 발간하는 일에 몰두하고 있었다. 이 일은 1차 대전이 일어나기 바로 전해에 시작되어 세월이 흐를수록 그에게 있어 점점 더 중요해졌다. 그는 그 일을 부차적인 일로 생각한 것이 아니라 작가로서 해야 할 필생의 과업 중 한 부분이라고 생각했다. 《메르츠》에서 항상 작품에 관해 이야기하곤 했던 뫼리케의 시집이 가장 먼저 나왔고, 특히 가깝게 느껴졌다. 에밀 슈트라우스, 마르틴 랑과 함께 내놓은 최초의 선집이었으며 독일 민요를 모은 것으로 제목은 '보리수'였다. 뒤를 이어 비슷한 책들이 계속 나왔다.

《독일 시인들의 노래》에는 "파울 게르하르트에서부터 프리드리히 헤벨에 이르기까지의 고전주의 독일 서정시선"이 들어가 있었다. 낭만주의의 시들은 《마술의 샘》이라는 시집에 담겼고 《명작 시선》에는 낭만주의와 고전주의 시대의 독일 산문과 서정시의 전성기를 독파할 수 있었다. 거기에는 장 파울, 아이헨도르프, 크리스티안 바그너가 실려 있었다. 1913년에는 헤세가 출판한 여섯 권의 책이 나왔다. 수십 년간에 걸친 독서로 헤세가 얻은 독일 문학에 대한 비상한 지식은 이런 일을 하는 데 도움을 주었는데 그는 작품을 보존하고 계승하는 일을 사색하는 인간이 해야 할 가장 고귀한 의무로 생각했다.

전쟁이 일어나기 전 헤세는 봄이면 자주 친구들과 함께 가이엔호펜을 떠나 북부 이탈리아로 여행을 떠났다.

> 로카르노와 베로나 사이에, 바젤과 브리그 사이, 피렌체와 페루자 사이에는 내가 먼지 묻은 구두를 신고 두세 번씩 지나치지 않은 곳이 거의 없다.

그는 건강 상태, 특히 눈의 통증 때문에 뷔르템베르크나 바덴바일러의 요양소를 자주 찾아가야 했고 아스코나에 있는 몬테베리타산에서 나무로 지은 오두막에서 지낸 적도 있다. 여름이나 겨울이면 그는 스위스의 산으로 여행을 가기도 했는데 그럴 때면 훌륭한 등산가이며 스키에도 재주가 있던 부인을 동반했다. 그 외에 강연이나 시 낭독을 위한 직업상의 여행도 해야 했다.

1903년 늦가을, 시 낭독회에 참가해 달라는 초대를 처음 받았을 때 그는 그를 초대한 취리히의 문학 클럽 회장에게 자기는 아직 한 번도 그런 클럽에 참석해 본 적이 없으며 "숲과 목장의 시인으로서" 단 한 번 친구들한테 시를 낭독해 본 적밖에 없다고 말하고 있다.

그러나 몇 년 만에 시인으로서 급성장한 그는 그런 초대를 거절할 수 없게 되었다. 1년에 두세 번씩 반쯤은 여행을 즐기고 변화에 기뻐하면서, 반쯤은 자기가 살고 있는 시골 풍경을 몇 주씩 떠나야 한다는 사실에 우울해하면서 그는 작품을 낭독하기 위해 독일과 스위스 곳곳의 도시들을 여행했다. 그는 빈, 프라하, 스트라스부르, 자르브뤼켄 등지도 여행했는데 그러한 여행은 "언제나 후회와 가책만" 남길 뿐이었다. 헤세는 이런 행동이 자기 내부의 본성과는 어긋나는 일임을 잘 알고 있었다.

나는 사람들 앞에 나서는 것을 좋아하지 않았고 사람들이 나를 이름으로서 또는 상표로서 이해하고 있는 분위기에서는 유쾌하지 못했다. 당시 나의 삶은 불만스럽게도 개인적이라고 할 수 없었다. 나는 '저명인사'들의 모임에는 가능한 한 접근하지 않았다.

이러한 여행 도중에 헤세는 1909년 브라운슈바이크에서 그가 존경하고 사랑하던 일흔여덟 살의 시인 빌헬름 라베를 만났다. 후에 그는 이렇게 썼다.

마르고 키가 큰, 실내 가운을 걸친, 평화롭고 장엄한 그는 늙고 주름지고 비꼬는 듯하면서도 현명해 보이는 얼굴로 나를 내려다보았는데, 그 얼굴은 자애롭고 친절했지만 교활한 얼굴이었으며 꾀가 많고 신비로웠으며 한마디로 현자의 얼굴이었다. 악의는 없지만 비꼬는 듯한 표정에, 자비롭고 나이가 들어 원숙해 보이는, 그러나 한편 나이가 없는 듯한 얼굴이었고 그런 점은 반듯한 그의 자세도 마찬가지였다. 그 얼굴은 나의 조부의 얼굴과 전혀 달랐으며 꼭 닮아 보이기도 했는데 그것은 같은 시대를 살았고 같은 정도로 성숙했으며, 갖가지 유머가 장난치며 그 위로 스쳐 지나가면서 온화하게 만들어 놓은, 위엄과 고상함을 갖춘 얼굴이었다.

1910년 4월 2일, 헤세는 마울브론 신학교 시절 친구인 오토 하르트만에게 쓴 편지에 일이 점점 많아지고 있는 것에 대해 불만을 이야기하고 있다.

> 매일 한 다발의 편지, 《메르츠》 잡지에 평을 써야 할 새 책이 1년에 300권 정도, 몇 번에 걸친 여행, 병, 아내와 아이들 그리고 정원 일—내가 하고자 하는 일들은 하나도 하지 못한 채 지나간다.

그리고 그해 크리스마스에 여동생 마룰라에게 보낸 편지에는 이렇게 적었다.

> 몇 년 전부터 깊은 좌절과 낙담과 고독의 상태에 극히 익숙해서, 이제 나는 이런 것이 아닌 것은 무엇이든지—그것이 고통이라 할지라도— 그것을 더 원하고 있어.

가이엔호펜 시절의 이러한 문제들은 이미 초기 보덴 호수에서의 단편들 속에 가끔 그 흔적을 보여 주던 것들로, 당시 작품 속에서는 별로 심하게 드러나지 않았지만 성공적인 그의 삶을 안에서부터 점점 파먹고 있었다.

1906년에 쓰인 〈안개 속에서〉라는 시는 많이 인용되는 시인데 그의 내적인 감정을 잘 드러내고 있다. 마지막 절은 이렇다.

이상하다, 안개 속을 거니는 것은.
산다는 것은 고독하다는 것.
사람들은 서로를 알지 못한다.
모두 다 혼자일 뿐.

헤세는 가이엔호펜 생활이 자신의 감각을 파멸시키고 있음을 점점 확실히 느끼게 되었다. 불안과 절망이 그를 사로잡았고 그는 집 안에서도 낯섦을 느끼고 있었다. 부인과 아이들-1909년에 하이너가, 1911년에는 셋째 아들 마르틴이 태어났다-역시 그를 붙잡아 둘 수 없었다. 시민적인 안락한 생활은 그에게 고통이었다. 그는 점점 더 자주 여행을 떠났다.

바깥 세계는 너무나도 넓었다. 젊은 시절 나는 노령이라는 것을 전혀 다르게 상상하고 있었다. 그것 역시 기다림이며 질문이고, 불안한 상태며, 완성에 대한 그리움 외에 아무것도 아니다. 보리수의 향기는 달콤했고 방랑자들, 어린애들, 연인들은 모두 어떤 법칙에 순종하고 있는 것처럼 보였고 무얼 해야 하는지 알고 있는 것 같았다. 나만 무엇을 해야 할는지 모르고 있었다…. 나는 그저 나의 내부의 소리를 좇아 그것을 따라가는 수밖에 없었다. 내가 그 의미와 목표를 이해하지 못하고 또 그 목소리가 나를 유쾌한 길로부터 어둡고 불확실한 세계로 이끌어 간다 할지라도….

헤세는 인도로 떠나기로 결정했다.

현대의 심리학자들은 자신 있게 그런 것을 '도주'라고 부른다. 사실 그런 면도 어느 정도 있었다. 그러나 그것은 거리감과 통찰력을 가져 보려는 시도였다.

당시 인도 여행은 별로 이상한 일은 아니었다. 멜키오르 레히터, 발데마르 본젤스, 헤르만 카이절링 등이 그곳으로 여행을 했고 헤세와 마찬가지로 인도 여행에 관한 글을 썼다. 그러나 헤세에게 인도는 남다른 여운을 일으키고 있었다. 그곳은 어머니의 고향이며 할아버지가 일을 했던 곳이며, 그가 경탄하면서 바라보았고 소년 시절 꿈속에서 그를 매혹했던 할아버지의 유리 상자 속 춤추는 작은 인형의 나라였다.

1911년 9월 초, 헤세는 화가인 한스 슈투르체네거와 함께 북이탈리아를 지나 제노바까지 갔고 거기서 '아이텔 프리드리히 왕자호'라는 기선을 타고 곧장 인도차이나로 갔다. 콜롬보에서 실론으로 여행하는 도중에 그는 하우스만에게 이렇게 썼다.

> 제노바에서 배를 탄 이후 첫 번째 상륙이었다. 실론은 마치 천일야화와도 같아 덥고 요란하고 아편처럼 멍하다. 그곳의 여름 더위는 이곳에 비하면 저녁의 서늘함 정도밖에는 안 된다. 태양은 쨍쨍 내리쬐고 주민들은 아이들처럼 미소를 보낸다. … 페낭에서 우리는 처음으로 아시아 도시의 생기에 찬 삶을 마주하게 되었고 처음으로 인도양의 물결이 섬들 사이에서 반짝이는 것을 보았으며 힌두교도들의 도시와 중국의 도시, 말레이시아의 요란한 골목의 삶을 놀란 채 바라보았다. 골목마다 거칠고 소란한 사람들이 가득했고, 밤이면 촛불을 켠 것 같은 바다와 바닷물에 비치는 조용한 야자수와, 부끄러워하는 벌거벗은 아이들과 낡은 배에서 노를 젓고 있는 어부로 가득했다.

그 글은 〈인도 회상〉에 실렸다. 싱가포르에서부터는 작은 네덜란드 배를 타고 수마트라 남부로 갔고 그다음에는 중국의 외륜(外輪) 기선을 타고 바탕하리강을 지나 팔렘방까지 갔다. 말을 잘 알지 못했고 건강 상태까지 나빠서 헤세는 그 나라 주민들에 관해 바라던 만큼 많은 것을 알아내지 못했다. 인도차이나에 오래 머물면서 말라바르 해안을 방문해 보려는 계획을 포기하지 않을 수 없었다.

> 열대의 자연과 아시아의 생활을 보려는 나의 소망은 이루어졌다. 나는 그것으로 만족하려 한다.

인도와 말레이시아에서 약간의 환멸을 얻은 것과는 달리 그는 중국인들이 보여 준 '무한한 힘과 미래'에 대한 인상에서 많은 것을 느꼈다. 돌아오는 길에 마지막 작별을 고하기 바로 며칠 전, 그는 섬에서 제일 높은 산인 피두루탈라갈라산에 올랐다.

> 원시의 세계는 내가 전에 인도에서 본 모든 것보다도 더 강력한 언어로 나에게 이야기하고 있었다. 천국의 새들, 논과 수많은 해변의 도시와 사연들, 열대 골짜기의 계곡들, 원시림, 이 모든 것은 아름답고 매혹적이었

다. 그러나 내게는 낯설고 이상하게만 보였으며 한 번도 가깝게 느낄 수가 없었고, 내 것으로 느껴지지도 않았다. 겨우 바람이 차갑고 구름이 높이 떠도는 여기에 와서야 나는 우리의 존재와 문화가 실은 설익고 가난한 나라들 속에 뿌리를 박고 있다는 것을 확실히 느낄 수 있었다. 그리움에 가득 차 귀향에 대한 막연하고 감사에 찬 기대를 가지고서, 우리는 남으로 동으로 여행을 계속했고 모든 자연의 선물이 풍성하게 넘치는 천국과도 같은 곳을 발견하기도 했으며 수수하고 소박하고 천진한 천국의 인간들도 보았다. 그러나 우리는 그들과는 달랐다. 우리는 그곳에서 낯선 사람이었으며 그곳 시민이 아니었다. 우리는 이미 오래전에 천국을 잃어버렸으며 우리가 지금 갖고자 하고 지으려고 하는 새로운 천국은 에콰도르나 다른 어떤 동양의 따스한 바닷가에 있는 것이 아니라 우리 마음속에, 우리 유럽인들의 장래 속에 있는 것이었다.

10년 뒤에야 헤세는 유럽으로부터의 일종의 도주였던 이 여행이 그에게 내적인 해방감을 주지 못했으며 인도와의 참된 정신적인 만남도 되지 못했다는 것을 알아차렸다.

인도나 중국으로 가는 길은 배나 기선을 타고 가는 것이 아니라 스스로 마음속에 마술의 다리를 찾아야 하는 것이었다. 나는 유럽의 해결책을 그곳에서 모색해서는 안 됐고, 유럽을 적대시해서도 안 됐다. 나는 참된 유럽과 참된 동양을 내 마음과 정신 속에 자신의 것으로 만들어야만 했는데, 그것은 또다시 수년의 세월, 불안과 전쟁과 절망의 몇 해가 걸려서야 이루어졌다.

인도에서 돌아온 후 헤세는 가이엔호펜 생활을 이제는 끝내야 한다는 것을 확실하게 느꼈다. "그것은 아름답고 훌륭했다. 그러나 종국에는 무서운 노예 상태가 되고 말았다. 그것이 놀이였던 동안 농부 일은 즐거운 것이었다. 그러나 습관이 되고 의무가 되자 그 기쁨은 사라져 버리고 말았다." 그는 괴로운 문제에 대해서 의도적으로 회피했는데 문제는 결혼 생활에 닥친 위기였다.

그 문제는 어떻게 진전되어 나갔는가? 1912년 3월에 헤세는 또다시 빈, 프라하, 브르노, 드레스덴으로 강연 여행을 떠났다. 그는 하우스만에게 "여행의 주된 목적은 다음 거주지로 드레스덴 근처의 헬레라우를 돌아보는 것이었다. 그곳 외에 취리히도 생각했고—그러나 그곳은 너무 비싸다—베른, 뮌헨 등도 고려해 보았다"라고 편지했다.

슈바벤으로는 갈 수가 없다. 아내가 그것을 원치 않기 때문에. 모든 문제에 있어 우선 아내의 말에 귀를 기울여야 한다. 아내는 아이들이 스위스 국적을 갖길 바라고 있다. 나는 아무 데나 다 괜찮다. 왜냐하면 나는 어차피 아무 곳에도 뿌리를 내릴 수 없기 때문이다. 그러나 아내와 아이들에겐 적어도 그런 시도를 하게 해 줘야 한다. 식구들에 대한 내 관계는 몇 년 전부터 그들에게 내가 생계비를 벌고 있다는 것 외에 아무것도 아니다….

고향에서 내 일을 하면서 그곳을 망쳐 버리고 싶지는 않다. 어린 시절과 슈바르츠발트는 내게 있어서 결코 다치고 싶지 않은 최고의 성지(聖地)다.

그래서 베른으로 결정이 났고, 그들은 그 도시 근처에 있는, 친구였고 화가였으며 얼마 전에 세상을 떠난 알베르트 벨티가 살았던 집에서 자신들의 소망을 이뤄 주는 거처를 발견했다. 그곳으로의 이사는 나중에 흔히 말해지듯 독일로부터의 도주나 이민은 아니었다. 그러나 스위스의 정치 상황이 전쟁 전 독일의 국수주의보다 훨씬 더 헤세의 마음을 끌었던 것은 사실이다. 그러나 가이엔호펜을 떠난 게 정치적인 동기는 전혀 아니었다.

독일 남서쪽의 스위스 지역은 내게 고향이었다. 이곳에 각국의 경계선이 교차하고 있다는 사실을 나는 언제나 의식하고 있지만 이런 국경선을 내 마음속 깊은 곳에서는 자연스러운 것으로 인정할 수 없었다. 내게는 북 라인강의 양편이 다 고향이었다. 그곳이 스위스라고 불리든, 바덴 또는 뷔르템베르크라고 불리든 간에….

제1차 세계대전

1912년 9월, 헤세는 가족과 함께 베른 교외에 있는 멜헨빌가의 새집으로 이사했다.

집과 정원은 단편 〈꿈의 집〉에 비슷하게 묘사되어 있다. 미완성인 이 소설의 제목은 친구인 알베르트 벨티를 회상하면서 붙여진 것인데 그의 뛰어난 그림 중 하나도 그 제목이었다.

이사한 지 몇 달 뒤, 헤세는 하우스만에게 이렇게 썼다.

> 베른은 내 마음에 듭니다. 몸이 다시 좋아지기만 한다면 이곳은 살기에 좋은 곳이 될 것입니다. 이곳에는 문학 생활이라고는 없습니다. 미술도 별로 없고. 그러나 여기에는 좋은 음악과 괜찮은 음악가들이 있습니다. 아름다운 마을과 사귀기에는 시간이 걸리나 우정이 오래도록 계속될 것 같은 조용하고 무뚝뚝한 사람들, 재미있지는 않으나 건실한 곳으로 뮌헨과는 정반대인 곳입니다.

《로스할데(Roßhalde)》 속에서 화가 벨티의 집은 "병과 사랑스러운 소년의 죽음이 결혼의 쇠락과 파멸을 비견해 주고 있는 소설"의 무대가 되었다. 자신의 결혼 생활의 문제를 처음으로 문학에 내보이고 있는 이 소설은 1913년에 《벨하겐 운트 클라징스》호에 발표되었고 다음 해에 단행본으로 나왔다. E. R. 바이스가 만든 그 책의 표지는 요한 페라구트의 그림을 수록하고 있는데, 그것은 이 소설을 그대로 상징하고 있다. 그림에는 세 사람이 나란히 앉아 있는데 이들은 서로 아무런 연관이 없어 보인다. "남자는 몸을 수그리고 절망적인 생각에 빠져 있고, 여자는 환멸에 가득 찬 무료함 속에서 기다리고 앉아 있고, 아이는 꽃 사이에서 순진한 표정으로 즐겁게 놀고 있다."

이 책이 출판될 무렵 헤세는 부친에게 이렇게 썼다.

> 이 소설은 나에게 많은 것을 주었습니다. 얼마 동안이지만 이 작품은 내가 현실적으로 당면하고 있던 어려운 문제에서 벗어나게 해 줬습니다. 그 책에서 문제 삼고 있는 불행한 결혼은 잘못된 선택에서 그렇게 된 것이 아니라, '예술가의 결혼'이라는 문제를 다루고 있는 것으로 예술가, 사상가 또는 인생을 본능에 의해서 사는 것이 아니라 극히 객관적으로 관찰하고자 하는 사람들

이 결혼 생활을 할 수 있는 것일까 하는 문제를 다루어 보려는 것이었습니다. 대답에 대해서는 저는 잘 모르겠습니다. 그러나 그 문제에 대한 제 태도는 이 책 속에 명확하게 나타나 있습니다. 거기에는 제가 생애를 통해서 다른 식으로 살아 보고자 했던 것들이 종국에 이르기까지 묘사되어 있습니다.

26년 후에 헤세는 어떤 외적인 동기 때문에 《로스할데》를 처음으로 다시 읽어 보았다.

이 작품을 통해서 나는 내가 할 수 있는 기교와 기술의 최고 수준에까지 올라가 보았는데 그 뒤엔 조금도 진전을 보지 못했다. 전쟁이 나의 발전을 파괴하여 나를 훌륭한 형식의 대가로 만드는 대신 순수한 미학만으로는 해결할 수 없는 문제성으로 나를 끌고 들어갔다는 것은 다행인 일이다.

전쟁 전에 씌어진 《크눌프(knulp)》 역시 헤세의 이전 주제를 작품으로 만든 것인데, 그중 첫 번째 단편인 〈초봄〉은 1908년에 《노이에 룬트샤우》에 발표되었다가 1915년에 '피셔 출판사의 현대 소설 문고'로 나왔다. 크눌프는 아이헨도르프의 《방랑아 이야기》의 후손으로서, 아무것도 마음에 들어 하지 않는 떠돌이며, 일반적인 직업인들의 질서 잡힌 세계에는 어울리지 못하는 '이단자'다. 그러나 어린애처럼 천진한 영혼을 가진 이 꿈꾸는 듯한 건달에게는 남을 기쁘게 하고 만족하게 하는 쾌활함 뒤에, 고독하고 고향 없는 인간인 제2의 크눌프가 숨어 있어 그로 하여금 방황하도록 하고, 어느 곳에서도 뿌리를 내리지 못하게 한다. 속박으로부터 자유롭다는 것은 시민적인 행복, 가족, 가정적인 것을 단념하도록 한다. 그렇기 때문에 생생하고 조용한 이 소설에도 예술가의 문제, 즉 업적을 통한 생산적이고도 유용한 세계와 쓸모없어 보이고 목표가 없어 보이는 시인이나 예술가의 존재 사이의 갈등의 문제가 비유적으로, 암시적으로 나타나고 있다. 지치고 거의 죽음에 임박한 크눌프가 눈이 가득 쌓인 숲속을 헤매고 있을 때 신이 그 앞에 나타난다. 크눌프는 삶이 목적 없는 것이었다고 신에게 호소한다.

> 신은 말했다. 보아라. 나는 너를 있는 그대로밖에는 달리 사용할 수가 없었다. 나의 이름 안에서 너는 방황을 했고, 안주하고 있는 인간들에게 자유에 대한 향수를 가져다주기도 했다. 내 이름 안에서 너는 어리석은 짓

을 하기도 하고 스스로 조롱당할 짓을 하기도 했다. 나는 네 마음 가운데에서 조롱당하기도 했고 사랑을 받기도 했다. 너는 내 자식이며 내 형제이고 나의 일부이다. 네가 경험했고 괴로워했던 것은 전부 나와 더불어 이루어진 것이다.

1차 대전 직전에 쓰인 다른 소설이 하나 있는데 그것은 1914년, 월간지 《베스터만》에 발표되었던 《프레셀의 정자(Im Presselschen Gartenhaus)》다. 뫼리케, 바이블링거, 횔덜린, 슈티프터, 튀빙겐의 세계와 젊은 신학도가 병든 시인을 데리고 간 외스터베르크의 작은 정자에 대해 이야기하고 있는 이 작품이 보여 주는 소박한 안정감은 헤세가 도달한 높은 수준의 예술의 경지를 유감없이 드러내고 있다. 당시 분위기가 역사적으로 정확하게 묘사되고 있다는 점, 서로 정반대되는 세 명의 슈바벤 시인들의 모습을 놀라울 만큼 훌륭하게 파악해 표현하고 있다는 점 외에도 사소한 사건 속에도 상징적인 그의 능력이 나타나고 있으며 단순한 것 속에서도 의미를 찾아내고 있음을 느낄 수 있다. 헤세는 이 작품에서 역사 소재를 시인과 창작의 본질에 대한 생각을 표현하는 데 사용하고 있다.

1차 대전이 일어나기 2년 전부터 헤세는 스위스에서 살고 있었다. 그는 독일 국민으로서 주어진 의무를 회피하지 않고 베른 사령부에 자원병으로 지원했다. 그의 지원은 기각되었지만 얼마 뒤에는 베른 주재 독일 대사관으로부터 전쟁 포로 복지회에서 일하도록 배정되었다.

전쟁이 일어나고 있는 독일 땅의 작가들 대부분이 전쟁이 일어난 첫 주에 증오의 장광설을 늘어놓고 있는 동안 헤세는 이런 모든 전쟁 심리에 반박하면서 1914년, 《노이에 취르허 차이퉁》에 그의 유명한 논문 "오, 친구들이여, 그런 어조로 말하지 마시오"를 발표했다. 마음속 깊이 슬픔을 느끼고 흥분한 그는 국수주의의 광기에 대항해서 목소리를 돋우어 인간성과 이성(理性)을 호소했다.

> 훌륭했던 독일의 사상가와 시인들이 몸담고 살아왔던 정신을 회상해 보고, 정의와 절제와 품위와 인간애를 환기하며, 전쟁을 타파하는 것이 우리의 가장 고귀한 목적이며 서양 문명의 마지막 귀결로 남아 있다. … 인생이 살 만한 가치가 있다는 것이 모든 예술의 궁극적인 내용이며 위안이다. 물론 모든 생의 찬미자들 역시 죽어야만 할 운명이기는 하지만 말이다. 사랑은 증오보다 우위이며, 이해는 분노보다, 평화는 전쟁보다 우위라는 사실을 지금의 이 불행한 세계대전은 다른 어느 때

보다도 우리로 하여금 더 절실하게 느끼도록 만든다.

그는 "정치적 · 군사적인 것뿐만 아니라 모든 정신적으로 값어치 있는 것들을 모두 전멸시키고 거기에 침을 뱉는 야수성"에 몸을 떨었다. 분노와 고통 속에서 그의 항의는 점점 더 자라났다.

> 나도 내 일생에서 꼭 한 번 조용하고 명상적인 철학을 내던지고 피를 흘리는 낯 속으로 뛰어든 때가 있었다. 그것은 전쟁이 일어났을 당시의 일이었다. 거의 10년 동안 전쟁에 저항하고, 피를 빠는 거친 인간의 우매함에 저항하고, 전쟁을 설교하는 지식인들에게 저항하는 것이 내 의무였으며, 또한 꼭 해야만 하는 필연적인 것이었다.

헤세는 처음부터 쇼비니즘과 야만성에 반대하고 평화를 위해 투쟁한 적은 수의 독일 작가들 중 한 사람이었다. 그러나 그 반향은 배척과 증오뿐이었다. 그는 독일 언론으로부터 '배반자'니 '변절자'니 하는 소리를 들었고 《쾰르너 타게블라트》지는 "이미 오래전에 구두의 고향 먼지까지 다 털어 낸 비겁자 헤르만 헤세는 … 슬픈 모습을 한 기사처럼, 고향을 잃은 채 이리저리 헤맨다"라고 썼다.

콘라트 하우스만, 테오도어 호이스, 헤르만 미센하르터는 당시 공개적으로 그를 옹호하고 나선 몇 안 되는 사람들이었다. 헤세는 조롱에 찬 그 기사 때문에 마음속 깊이 상처를 입었다. 그는 그것을 한 번도 잊은 적이 없었다.

헤세는 레네 시켈레, 레온하르트 프랑크 등 스위스로 이주해 온 독일 작가들, 자기와 비슷한 태도를 갖고 있는 취리히의 다다이스트들과는 전혀 어울리지 않았다. 그는 개인주의자로서 또는 혼자 가는 사람으로 계속 남아 있었고 어떤 문학 서클에도 참여하지 않았으며 그런 문학 그룹에 알려지지도 않은 채 지냈다. 그러나 그는 로맹 롤랑의 존경과 우정을 얻었다.

1946년에 《전쟁과 평화》 서문에다 헤세는 이렇게 썼다.

> 나는 벌써 이 평론집의 첫머리 몇 편이 쓰였던 1914년의 괴로운 날들에 대해서 많은 것을 잊어버리고 말았다. 그러나 당시 나의 평론에 대한 유일한 공감의 반향으로서 보내온 로맹 롤랑의 편지가 도착한 날은 잊을 수 없다. 나는 길동무를, 나와 같이 생각하고 있는 친구를 얻었으며, 나와 마찬가지로 전쟁의 피비린내 나는 참극의 모순과 전쟁 심리를 예민하게 느끼고 그것에 반

대해서 일어선 사람을 만났다. 그는 그저 사랑할 만한 그런 사람이 아니라 《장 크리스토프》를 쓴 작가로서 존경하는 사람이었는데 – 당시 나는 그에 관해 그 이상은 알지 못했다 – 정치 견해와 의식에 있어서 나를 훨씬 능가하고 있었다. 우리는 그가 세상을 떠날 때까지 친구로 지냈다. … 나는 퍽 늦게, 마흔이 다 된 나이에야 정치적인 길을 걷기 시작했고, 전쟁의 무서운 현실에 부딪쳐 눈을 떴으며, 감화되어 동료나 친구들이 몰록 신의 요구에 굴복하는 그 무분별함을 보고 의아하게 생각하게 되었다 … 나는 전쟁 중에도 전후에도 롤랑과 정치적인 대화를 한 적이 한 번도 없다. 그러나 그의 접근이나 우정이 없었더라면 내가 그 시절을 과연 견뎌 나갈 수 있었는지에 대해서는 자신이 없다.

헤세는 온 힘을 포로 복지 사업에 쏟았다. 그 일을 그는 개인적인 의무로 느끼고 있었다.

각각의 삶은 자신의 별 아래에 세워져 있는 것이다. 그리고 내 별은 영웅적이거나 애국적이거나 군사적인 것은 아니다. 나의 과제는 이런 별들을 존경하거나 그것들을 위해 싸우는 것이 아니라 그 반대로 메커니즘과 전쟁, 국가와 대중의 이상(理想) 때문에 위협받고 있는 '사적(私的)이며' 개인적인 삶을 보호하는 것이다. 영웅적인 것보다는 비영웅적이며 소박한 인간이 되는 것이 더 많은 용기를 필요로 하는 때가 적지 않다는 것은 나로서는 참 알 수 없는 일이다.

전쟁 포로 복지회의 일원으로서 헤세는 1915년부터 1919년 초까지 동물학자인 리하르트 볼테레크 교수와 함께 '베른 주재 독일 포로용 도서 센터'에서 일을 했는데, 그곳의 일은 프랑스, 독일 또는 스위스에 수용된 독일 포로들에게 작은 도서관 역할을 하는 것이었다. 이러한 기관을 보조해 주는 재정이 곧 바닥나고 말았기 때문에 도서 센터의 운영은 완전히 두 사람의 활동에 의존하게 되고 말았다. 헤세는 수많은 편지를 동료, 친구, 도서관, 출판사로 띄워 책을 보내 달라고 부탁했다. "이런 일은 인간애적인 문제에서뿐만 아니라 정치적인 또는 대중 교육을 위한 목적에서 이루어지고 있는 것입니다. 왜냐하면 포로 생활의 정신적인 또는 도덕적인 위험성은 상당한 것이기 때문입니다."

그는 당시 보낸 편지들 중 하나－1916년 6월 30일, 슈미트본에게 쓴 것－에서 말하고 있다. 수천 권의 책이 수

합되고 포장되어 프랑스에 있는 독일군 포로수용소로 보내졌다. "지금 온 세상의 비참함은 너무나도 거대해서 나는 작은 귀퉁이에서나마 도울 수 있는 모든 것을 하려고 합니다."

보낼 책이 충분치 못했고 또 많은 책들이 포로들에게 적당치 못한 것이었기 때문에 헤세는 중립적인 베른 포로협회 사무소의 깃발 아래 포로들을 위한 신문을 창간하고 편집했다. 그 신문의 이름은《독일 전쟁 포로를 위한 일요배달부》였는데 3년 동안 주말마다 수천 부가 프랑스, 영국, 러시아, 이탈리아로 보내졌다. 볼테레크와 함께 헤세는 1년 반 동안《독일 포로 신문》도 편집했는데 그것은 베른에 있는 전쟁 포로 복지회에서 나오는 신문이었다. 그는 베른 도서 센터에 딸린 출판소에서 간단한 도서 시리즈도 냈는데 22권까지 나왔다.

> 에밀 슈트라우스와 만 형제, 고트프리트 켈러, 슈토름 그리고 내가 쓴 단편들이 작고 수수하지만 꽤 그럴듯하게 인쇄되어 나왔는데 그것은 읽을거리를 보내 달라고 애걸하는 수만 명의 전쟁 포로들을 위한 선물용이었다.

전쟁의 발발이 마음속에 일으켜 놓은 무거운 내적 전율

과 전쟁 포로를 위한 힘든 작업으로 쫓기고 있던 헤세에게 개인적인 무서운 고난이 닥쳐왔다. 그것은 막내아들의 중병과 1916년의 부친상, 결혼의 위기 그리고 얼마 동안 요양소에서 지내야 할 정도로 악화된 부인의 정신 상태였다. 〈추방된 자〉는 당시 발표된 《고독자의 음악》이라는 시집에 수록된 시인데 다음과 같은 구절이 있다.

축복 없는 세월,
길마다 폭풍이 불고
어디에도 고향은 없네.
단지 혼란과 실패뿐.
나의 영혼 위로 무겁게
하나님의 손이 놓여 있다.

1916년 초, 육체적 · 정신적 상태가 몹시 좋지 못한 데다가 정신적인 좌절감마저 심해서 그는 일을 중단하지 않으면 안 되었다. 로카르노와 브루넨에서의 요양이 효과가 없자 연초에 그는 루체른에 있는 개인 병원 존마트에서 심리분석을 받았다. 카를 구스타프 융의 제자이며 그의 절친한 친구가 된 요제프 베른하르트 랑 박사의 도움과 프로이트와 융에 대한 연구 결과, 헤세는 경직 상태에서 벗어나 젊은 시절부터 그를 괴롭히던 갈등을 극복하고 내적 위기를 타개할 수 있게 되었다. 1916년 6월에서 11월에 이르는 동안 약 60회쯤 랑 박사와 담화를 나누었는데 그것은 친구인 후고 발이 얘기하고 있듯이 의료적인 행위라기보다는 정신 치료를 위한 친구 사이의 대화라고 보는 것이 더 옳을 것이다. 그 대화는 헤세의 경험 세계를 넓혀 주었고 시인으로서, 인간으로서 그의 발전에 있어서 새로운 계기를 만들어 주는 역할을 했다. 그리고 헤세의 작품에 있어서 심리 분석의 의미를 너무 과대평가하지 않는다고 하더라도 융의 작품이나 랑 박사와의 만남은 그의 세계상을 본질적으로 정화시켰다는 것은 인정하지 않을 수 없다. 1918년, 〈예술가와 심리 분석〉에서 헤세는 다음과 같이 말하고 있다.

> 분석과 회상, 꿈, 연상의 원래 동기를 연구하면서 신중하게 탐색해 보려는 사람에게는 '무의식에 대한 내적 관계'라고 부를 수 있는 어떤 것을 얻게 된다. 그는 의식과 무의식 사이에 따스하고, 풍성하고, 열정적인 무언가가 왕래하고 있음을 경험하고, 전에는 '문지방'에 머물면서 알지 못했던 꿈으로만 나타나던 것들을 햇빛 속으로 드러내 볼 수 있게 된다.

전쟁의 종말과 함께 나의 변모는 완성됐고 시련의 고통도 완전히 극복됐다. 이러한 고통은 전쟁이나 세계의 운명과는 상관이 없는 것이었으며 우리가 외국에서 2년 동안이나 확신을 가지고 기다렸던 독일의 멸망 역시 전혀 놀라운 일이 아니었다. 나는 완전히 내 속에, 나 자신의 운명 속에 가라앉아 버리고 말았으며 간혹 실은 모든 비인간적인 것이 문제라고 생각하기도 했다. 나는 내 마음속에서 세계의 모든 전쟁과 살인욕을 발견했으며, 모든 경박함과 거친 쾌락욕, 비겁함을 발견했고 처음으로 내 자신에 대한 존경심을 잃었고 나에 대한 멸시마저 잃어버리고 말았다. 내가 해야 할 일은 오로지 혼돈의 세계를 종국에까지 들여다보면서 때로는 불타는 듯한, 때로는 꺼져 버리는 듯한 희망 속에서 혼돈 저편의 자연과 순수함을 찾아내는 것뿐이었다. 잠을 깨어 현실에 대해 의식을 갖고 있는 사람은 누구나 한두 번 이렇게 황야 속의 좁은 길을 걸어야만 하게 마련이다. 그곳에 관해 다른 사람과 얘기하고자 하는 것은 헛된 노력에 불과하다.

당시 그가 발표한 세 편의 비평을 모은 책 제목이 바로 《혼돈 속으로의 조망(Blick ins Chaos)》이었다. 《자라투스트라의 귀환》과 《싱클레어의 노트》가 흔히 '싱클레어 시대'라고 불리는 시기의 작품들인데, 왜냐하면 개혁과 변모와 새출발의 이 시기에 발표된 헤세의 가장 중요한 작품인 《데미안》이 홈부르크 시절 횔덜린의 친구 이자크 폰 싱클레어에서 따온 에밀 싱클레어라는 가명으로 발표되었기 때문이다. 1917년 베른에서 단기간에 쓰인 《데미안》은 《꽃창포》나 《괴로운 길(Der Schwere Weg)》과 같은 몇 편의 동화와 함께 심리 분석을 알게 된 결과로 쓰인 것이다.

《데미안》은 소년 에밀 싱클레어의 이야기인데 그는 자기의 '데몬'*인 막스 데미안을 만남으로써—막스 데미안이라는 이름을 헤세는 꿈속에서 알게 되었다—소년 시절로부터 벗어나게 되고 그와 협조하여 내부의 무한한 세계를 발견한다. 랑 박사를 모델로 한 듯한 피스토리우스를 통해 이러한 세계는 정립되고 정리된다. 그리고 싱클레어는 이제는 필요 없게 된 강렬한 꿈의 이미지, 즉 어머니에 대한 그리움에서 벗어나게 되고 자유의 길, 책임의 길을 발견하게 된다. 이러한 변모는 꿈과 이미지의 거울을 통

* 다이몬, 초자연적인 존재, 악령, 정령.

해 나타나고 있고, 내적인 상징 세계는 의식 세계로 떠올라 참된 개성을 드러내 보여 준다. 서문에는 이렇게 쓰여 있다.

> 나는 구도자(求道者)였으며 지금도 그렇다. 그러나 나는 별이나 책 속에서 길을 찾지는 않는다. 나는 내 피가 속삭이는 가르침에 귀를 기울이기 시작했다. 내 소설은 재미가 없으며 꾸며진 이야기처럼 그렇게 달콤하지도, 그럴듯하지도 않다. 그것은 스스로를 속이려 하지 않는 모든 인간들의 삶과 마찬가지로 무분별과 혼돈, 광기와 꿈의 맛을 가지고 있다. 인간의 삶은 자기 자신에게 가기 위한 길이다. 큰길을 가려고 모색하기도 하고 오솔길의 암시에 불과한 경우도 있다. 완전히 자기 자신이 된 사람은 아무도 없다. 누구나 다 그렇게 되어 보려고 애를 쓰고 있을 뿐이다. 한 번도 인간이 되어 보지 못한 사람도 꽤 많다. 그러나 우리 모두는 누구나 인간이 되도록 자연이 던져 준 존재다. 우리는 유래가 모두 같다. 어머니는 공통인 것이다. 우리는 모두 같은 문지방을 넘어 나온 존재다. 심연으로부터 하나의 시도로서 내던져진 우리는 각자 자신의 목표에 도달하려고 애쓴다. 우리는 남을 이해할 수는 있지만 그러나 자신

을 설명할 수 있는 것은 자기 자신뿐이다.

스스로를 의식함으로써 자기를 이해했고 그 과정 속에서 헤세의 자전적인 작품들은 한 단계 더 위로 승화하게 되었다. 《데미안》은 스스로를 규명해 보려는 시도로, 절대적인 솔직함으로 자아를 확실히 규명하게 되고 자신의 길을 찾아 그것을 운명으로 받아들이게 된다. 죄는 다른 사람들에게서 찾을 것이 아니라 자신 속에서 찾아야만 한다. 인간은 자율적인 존재로서 자기의 행동에 책임을 져야 한다.

《페터 카멘친트》와 초기 시의 음악성으로 헤세는 세기 전환기의 젊은이들을 매혹했었다. 《데미안》을 통해 이제 그는 더 넓은 독자층의 마음을 사로잡았는데, 그들은 패전의 귀향자와 1920년대의 젊은이들이었다. 《데미안》이 일으킨 반향은 강력하고도 지속적이었다. 그 작품의 용감하고도 대담한 목소리는 많은 찬반의 논란 대상이 되었다. 《데미안》은 헤세의 다른 어느 작품보다도 그것이 쓰인 시대 덕을 보았고 많은 사람들의 정신세계에 자극과 충격을 주어 시대의 작품으로서의 과제를 완성하고 있다. 토마스 만은 《데미안》의 첫 번째 미국판 서문을 이렇게 썼다.

신비로운 인물 싱클레어가 발표한 《데미안》이 1차 세계대전 직후에 일으킨 강렬한 충격은 결코 잊힐 수 없다. 그 작품은 정확성을 가지고 시대의 정신과 마주치고 있으며, 마음속으로부터 심오한 인생의 해설자가 나타날 것을 기대하고 있는—그들에게 필요한 것을 주던 작가도 벌써 마흔두 살이 되었다—모든 젊은이들의 감사에 찬 찬사를 받았다.

《데미안》에는 "우리가 살고 있다는 생각만이 가치가 있다"라고 쓰여 있다. 그리고 《자라투스트라의 귀환》 역시 이런 생각으로 쓰인 것이다. 젊은이에게 보내는 강력하고도 간절한 호소인 이 작품은 1919년 1월, "세계적인 사건의 고통 속에서" 3일 동안 "괴로움과 긴장 속에서" 쓰인 것인데 《데미안》과 마찬가지로 가명으로 발표되었다. 헤세는 "이전의 것, 과거의 것, 표면적인 것에 대해" 젊은이들이 증오와 멸시를 느낀다는 것을 알고 있었기 때문에 자기의 잘 알려진 이름에 대해서도 마찬가지일 것이라고 추측했다. 그러나 그는 젊은이들의 어떤 선입견도 원치 않았기 때문에 재판에서부터는 자신의 이름으로 발표했다. 그는 또한 에두아르트 콜로디에 의해서 《데미안》의 진짜 작가로 발표되었다. 그다음부터는 《데미안》도 헤르만 헤세의 이름으로 발표되었고, '에밀 싱클레어'라는 이름에 수여된 폰타네상을 되돌려주게 되었다.

《자라투스트라의 귀환》은 철학자나 시인으로서의 니체와는 아무 연관이 없다. 그것은 인간으로서의 니체를 다루고 있다.

> 전쟁 중의 우리 독일 정신의 비극적인 몰락 이후 니체는 내게 있어서는 요즘 우리 민족의 지성인들 속에서는 찾아볼 수 없는 독일의 용맹함과 독일의 용기, 독일의 정신을 대변하는 마지막 외로운 대변자였다는 생각이 자꾸만 든다.
>
> 자라투스트라는 "운명을 아는 사람은 별로 없다. 자기의 삶을 살아가는 사람도 별로 없다. 너의 삶을 사는 것을 배우도록 해라! 너희의 운명을 알도록 배워라!"라고 젊은이에게 외친다. 너희는 너희 자신이 되는 것을 배워야만 한다. 너희는 다른 사람이 되거나 전혀 아무것도 되지 못해서는 안 되며 남의 목소리를 흉내 내거나 다른 사람의 얼굴을 자신의 얼굴로 착각해서도 안 된다.
>
> 멍하니 서서 한숨 쉬면서 세계 역사의 동정을 탄원하지 마라. 얼마 전까지만 해도 독일이 세계에 큰 힘이 되고

있다고 노래 부르던 자들이여! 벌서는 아이들처럼 길가에 서서 지나가는 사람들의 동정을 구하지 마라. 비참함을 견딜 수가 없다면, 죽어 버려라! 황제나 개선장군 없이는 스스로를 다스려 나갈 수 없다면 너희들을 남의 손에 다스림 받는 수밖에 없다. 그러나 제발 말하노니 수치심만은 절대로 잊지 않도록 해라!

자유로운 인간의 주권은 집단으로의 유혹과 대치하고 있다. 여기서 보이는 자아의 절대화는 상당한 위험성을 내포하고 있다. 헤세는 그것을 알고 있었지만 개인적인 인간성과 개인의 위엄이 상실되고 집단화되며 영혼마저 사라져 버리는 시기에 있어서는 각 개인의 도덕적인 자율성에 대해 강력하게 호소하고 '자기 내부로의 길'을 제시해 주는 것이 필요하다고 생각하고 있었다.*

* 구판에 누락되었던 부분은 다음과 같다.
초기에 헤세가 몸담았던, 현실에서 멀리 떨어진 탐미주의라는 꿈의 나라는 이제 사라졌다. 전쟁 기간이자 개인적인 위기의 시대를 겪으면서 헤세는 변했고, 전과는 다른 태도를 취하게 되었다. 솔직한 공개 발언으로 그가 당대 정치 상황에 대해서 현실적인 발언을 한 것은 아니지만, 그는 이제 자신의 정치적인 입장을 확실히 했다. 정치적인 행동에 대해

제2차 세계대전 이후 헤세는 그가 1918년, 1919년, 1920년에 썼던 것을 재차 공개적으로 호소하지는 않았다. 과거에 발표한 비판이 현실성을 잃지 않고 그대로인 때문이었다.

그는 새로운 도덕성을 요구했다. 1918년 11월 뷔르템베르크 주정부가 정치 복원 사업에 참여를 요청하자 헤세는 이렇게 대답했다. "나의 활동과 직업은 도덕성에 기초합니다. 두 가지가 다 필요한 것인데, 두 가지 일을 동시에 한다는 것은 불가능합니다. 정치는 당파를 요구합니다. 그런데 도덕성은 당파를 금합니다." 이 발언은 그의 정치적 입장을 정확하고 확실하게 드러내는 말이다. 휴머니즘을 도입하고 그렇게 정치 활동하는 것은 그에게는 거리가 먼 일이었다.

티치노에서의 새로운 출발

《데미안》이 출판될 즈음 헤세는 이미 베른을 떠났고 집은 잠긴 채 그 뒤로는 돌아가지 않았다. 1918년 말, 그의 가정은 완전히 파괴되고 말았다. 부인은 신경상의 문제로 병원에 입원을 했고 치료를 받은 이후에도 다시 결합될 것 같지 않은 상태였다. 아이들은 기숙사나 친구의 집에 보내졌다. 말할 수 없는 고독 속에서 헤세는 텅 비고 황폐한 집 안에 남아 있었다.

느릅나무 사이로 밤이 살랑댄다.
정원에는 온통 유령들의 웃음소리.
나는 덜컹거리는 창문과 내 마음의
문을 다시 걸어 잠근다.

그 시절을 돌아보면서 헤세는 20년 뒤에 이렇게 썼다.

생애를 거의 완전히 파멸시킬 것만 같았던 전쟁의 전율과 손실 속에서 내가 다시 일어서서 자신의 존재에 의미를 부과할 수 있게 된 것은 오로지 각성과 변화를 통해서였으며, 모든 과거의 것과 이별을 고하고 나를 자신의 수호신으로 놓고 출발해 보려는 시도를 통해서였다. 그것은 1919년 봄에 내가 일을 하고 있던 전쟁 포로 복지회를 떠날 때까지 계속되었다. 자유는 몇 년 전부터 햇빛과 온기가 부족한, 지키는 이 없는 텅 빈 집에 내가 혼자 있는 것을 찾아냈다. 이전의 나의 존재는 별로 남아 있지 않았다. 그래서 나는 단숨에 책과 옷과 책상 등 짐을 싸서 황폐한 집을 잠그고는 나 혼자 완전한 적막 속에서 다시 시작할 수 있는 곳을 찾았다.

헤세는 산을 지나고 고갯길을 넘고, 물을 지나고 언어의 경계선을 지나 스위스 남쪽 티치노*에 새로운 거처를 찾아냈다. 그는 당시의 스케치인 《방랑(Wanderung)》이라는 책에서 "소유하고 있는 자, 안주하고 있는 자, 성실한 자, 도덕적인 자들에게 복이 있을지어다"라고 말하고 있다.

* 스위스 남부에 위치한 주. 독일어로는 테신(Tessin).

나는 그를 사랑할 수 있고 존경할 수 있으며, 질투할 수 있다. 나는 그들의 미덕을 흉내 내 보는 데 내 일생의 반을 잃어버리고 말았다. 나는 내가 아닌 그 무엇이 되고자 했었다. 나는 시인이 되고자 하면서 그와 함께 시민도 되고자 했다. 나는 예술가나 환상의 인간이 되고자 하면서 미덕을 가지고 고향을 즐기고자 했다. 사람이 동시에 두 가지가 될 수 없으며 둘을 다 가질 수도 없다는 것을 내가 알게 되기까지에는 많은 세월이 흘렀다. 나는 유랑자이지 농부는 아니다. 나는 탐구자며 수호자일 뿐이다. 나는 오랫동안 인형에 불과한 신이나 율법 앞에서 괴로워했다. 그것은 잘못이었고, 고통이었고, 세계의 비참함에 있어 내가 공모를 한 셈이다. 구제의 길은 왼쪽 또는 오른쪽으로 가는 것이 아니라 자신의 마음속으로 길이 나 있으며, 그곳에만 신이 있고 그곳에만 평화가 있다.

1919년 4월, 헤세는 로카르노 근처 미누시오 교외의 작은 농가에 살고 있었다. 그 후 그는 몇 주를 세레뇨에서 지낸 다음 안드레아의 도움으로 루가노에서 북쪽으로 한 시간쯤 걸리는 곳에 위치한 몬타놀라*를 발견했다.

당시 그곳은 "포도 덩굴과 밤나무 숲으로 우거진 잠자

는 듯한 작은 마을"이었는데 그 마을에는 사냥을 위한 바로크식 성(城)의 일종인 궁전처럼 생긴 카사 카무치가 있었다. 1919년 5월, 그는 몬타뇰라로 이사를 했다. 그리하여 고독한 시인의 피난처는 얼마 동안 그의 거처가 되었으며 티치노는 새로운 고향이 되었다. 시민으로서의 생활이 붕괴되자 예술가적인 존재로서의 새로운 삶이 시작되었다. 힘과 열기로 가득 찬, 무더운 1919년 여름, 그는 새로운 인간으로 형성되었다. 완전한 파멸 속에서 새로운 삶의 감정이 싹텄으며 창작 의욕도 생겨났다.

> 병은 지나간 것처럼 보였다. 나는 죽지 않았다. 지구는 다시 돌고 있었고 해는 나를 위해 비치고 있었고 하늘의 푸르름과 구름과 호수와 숲은 생기를 되찾은 내 눈길 속에 비쳐 오고 있었다. 세계는 다시 나의 것이 되었고 나의 마음 위에 다양한 마술의 음악을 들려주고 있었다.

* 1962년 세상을 떠날 때까지 43년 동안 헤세가 이곳에 거주했다.

티치노에서의 초기 생활을 회고하면서 헤세는 그 시절을 자기 삶의 "가장 풍성하고 호사스럽고 부지런했고 가장 빛나는 시기"라고 말하고 있다. 방과 책상을 마련하자마자 그는 《클라인과 바그너(Klein und Wagner)》를 썼고 몇 주도 안 걸려서 《클링조어의 마지막 여름(Klingsors Letzter Sommer)》을 집필했으며 매일 그림을 그리고 스케치도 했고, 수많은 사람들을 알게 되었고 그로토에서 포도주를 마시면서 밤을 새우기도 했다.

> 클링조어의 여름. 뜨거운 낮이면 나는 마을과 밤나무 숲을 배회하기도 하고, 접는 의자를 깔고 앉아 수채화로 흘러넘치는 세계의 마술을 조금이라도 붙잡아 보려고 애를 쓰기도 했다. 더운 밤이면 늦은 시간까지 클링조어의 작은 창문과 문을 모두 열어젖힌 채 붓으로 표현할 수 있었던 것보다 더 깊고 넓게 아름다운 여름의 노래를 언어로써 표현해 보고자 노력했다. 이렇게 해서 화가 클링조어의 이야기가 만들어졌다.

볼프람의 《파르치팔(Parzival)》에 나오는 마술사인 클링조어는 노발리스도 많은 관심을 가졌던 인물인데 헤세의 작품에서는 화가로 나타난다. 그의 인생의 마지막 몇 달은 취한 듯한 삶에의 욕망과 일에 몰두한 나날로 가득 채워져 있다. 이 소설의 서두는 감동적인 장면으로 시작된다.

> 열정적이며 가쁘게 움직이는 여름이 시작되었다. 기나긴 여름날은 활활 타고 있는 깃발처럼 뜨거웠지만 며칠 후덥지근하게 비가 내린 뒤, 제법 선선한 달밤이 되었다. 빛나던 몇 주는 마치 꿈처럼 덧없이 온갖 이미지로 가득 찬 채 흘러가 버리고 말았다.
> 밤의 산책에서 돌아온 클링조어는 한밤중 화실 앞의 좁은 발코니에 서 있었다. 아래에는 오래된 테라스의 정원이 펼쳐져 있었고 빽빽하게 들어선 나무들, 종려나무, 삼나무, 밤나무, 박태기나무, 너도밤나무, 유칼리나무에 담쟁이와 등나무가 뒤엉킨 것이 어둠 속에 보였다. 컴컴한 나무 위로는 여름 목련의 반짝이는 큰 잎사귀와 그 사이사이로 사람의 머리통만큼이나 크고 달이나 상아처럼 하얀 목련꽃이 반쯤 열린 것이 보였으며 그 사이로 달콤한 레몬의 향기가 물밀듯이 흘러들어 오고 있었다. 머나먼 어디에선가 나지막하게 음악 소리가 들려왔다. 기타인지 피아노인지는 잘 구별이 안 되지만….

클링조어는 죽음이 다가오고 있음을 예감한다. 그는 무상함과 파멸을 알고 있다.

"누구나 다 자기의 별을 가지고 있어"라고 클링조어는 친구에게 말했다. 누구나 신념을 가지고 있어. 나는 단지 한 가지, 파멸만을 믿고 있어. 우리는 마차를 타고 심연을 지나가고 있는데 말은 온통 겁을 집어먹고 있어. 우리는 파멸 속에 서 있는 거야, 우리 모두는. 우리는 죽어야만 해. 우리는 다시 태어나야만 해. 거대한 변화가 우리에게 일어나야만 해.

클링조어는 자신의 초상화를 그리기 시작한다. "무서운 고백이며 무자비하고, 슬프고, 감동적이고 놀랄 만한 고백"을. 열기에 뜬 채 그는 밤낮을 불타는 듯한 도취 상태에서 반은 미치광이, 반은 술에 취한 사람처럼 마지막 작품인 자신의 초상화와 싸운다. 격정적인 마지막 장에 이렇게 쓰여 있다.

이것은 인간이다. 이 사람을 보라. 우리의 지친 듯하고, 탐욕스럽고, 거칠며, 순진하고, 또 궤변적인 이 시대의 사람을. 죽어 가는 자이며 또 죽고자 하는 이 유럽인을.

그리움 속에서 정화되고 죄악에 병들고 자기의 파멸에 대한 인식으로 기뻐 들떠 있고, 진전을 위한 모든 준비가 되어 있고, 후퇴 준비도 되어 있으며 온통 열정으로, 피곤함으로 가득 차 있고 마치 중독자가 아편에 빠지듯이 운명과 고통 속에 빠져 있으며, 고독하고, 곳곳에 홈이 파이고, 늙고, 파우스트 같기도 하고, 카라마조프 같기도 하며, 동물이고 또 현자(賢者)며, 완전히 노출된 채 아무 욕심도 없이 헐벗은 모습으로 죽음에 대해 아이와도 같은 공포를 가지고 있으면서 한편으로는 죽으려는 준비가 되어 있는 이 사람을….

이 작품은 시인 헤세의 고백이며 일종의 해방 행위다. 당시 그는 마틸데 슈바르첸바흐*에게 이렇게 쓴 적이 있다.

나는 아주 사소한 것에서도 한 조각의 인간성의 발전을 표현해 낼 수 있다는 것, 우리 마음속의 사소한 경련도

* Mathilde Schwarzenbach(1854~1920) : 스위스의 예술 후원자로 많은 예술가들의 친구였음.

외부의 전쟁이나 평화만큼 중요하다는 그런 감정을 나는 새롭게 느꼈습니다. … 나는 내가 말하고자 하는 새로운 것을 표현할 수 있는 적당한 형식을 찾아내기 위해서 다시 한번 싸워 볼 작정입니다.

클링조어는 화가 반 고흐의 모습을 연상시킨다. 그러나 이야기의 외적인 형식이나 풍경 또는 그 외의 모습들은 초기 티치노 시절 헤세의 체험에 얇은 베일을 씌워 놓은 것에 불과하다. 헤세는 시인 두보의 모습으로 나타나고 있으며, 루이스는 화가 무아예*의 인상을 풍기고 있고, 마술사 유프는 그의 집에서 헤세가 자주 시간을 보내던 건축가 요제프 엥글레르트를 닮았고, 코로나에 있는 앵무새 집에서 온 산의 여왕은 그가 두 번째로 결혼을 한 루트 벵거의 모습이 숨어 있다. 헤세는 이런 식으로 사람들의 모습을 작품 속에다 끼워 넣기를 좋아했다. 그리고 아주 가까운 친구들의 모습을—꼭 그대로 그려 넣은 것은 아니지만—작품 《동방 여행(Die Morgenlandfahrt)》 속에도 많이 삽

* Louis René Moilliet(1880~1962) : 스위스의 화가.

입하고 있다.

티치노에서의 자연과의 만남은 헤세의 언어 표현 능력을 풍성하게 해 주었으며 좀 더 강력하고 윤기 있고 완전하며 다양하게 해 주었다. 이러한 변모는 그가 당시에 그림을 많이 그렸기 때문에 이루어진 것이다. 그림은 실은 베른에서 《데미안》을 쓰면서 심리 분석에 몰두할 때부터 시작된 것이었다. 1916년 12월 25일, 헤세는 한스 슈투르체네거에게 이렇게 쓰고 있다. "시를 짓거나 사색할 만한 시간이 넉넉지 않았기 때문에 나는 자유로운 시간에 그림 그리기를 시작했다. 그래서 마흔 살쯤 되었을 때부터 목탄이나 물감을 손에 묻혀 왔다. 나는 한 번도 경쟁을 해 본 적은 없다. 자연을 그리는 것이 아니라 꿈의 세계를 그렸기 때문이었다." 그림은 날이 갈수록 그가 좋아하는 놀이가 되었다. 그는 매일 그림 도구와 접는 의자를 들고 숲이나 길가에 앉아 산과 나무와 집과 성당과 콜리나 도로의 예배당을 그렸다. 그는 예술가적인 명예욕에서가 아니라 자신의 기쁨을 위해 그림을 그렸다. 색깔과 형태의 놀이인 많은 수채화 작품들이 만들어졌다.

> 어느 날 나는 완전히 새로운 기쁨을 발견했다. 나는 마흔이 지나 갑자기 그림을 그리기 시작했다. 나는 스스

로를 화가로 생각한 적이 없으며 그렇게 되고자 하지도 않았다. 그러나 그림 그리는 일은 멋진 일이었다. 그것은 사람을 더 행복하게 하고 참을성 있게 만들어 준다….

《화가의 시(Gedichte des Malers)》와 1920년에 나온 《방랑》 등의 작품에는 시와 산문 스케치와 그림이 하나로 결합되어 있다. 각각의 그림은 어떤 높은 예술적인 욕구에서 그려진 것은 아니었다. 그것들은 별 의도 없이 그린 것들로 아름다운 색채를 가진 '쾌활하고 근심 없는 전원생활'을 보여 주는 그림일 뿐이다. 그러나 이런 식의 어린애와도 같은 소박한 분위기와 장난스러운 태도가 그의 매력이기도 하다. 앙드레 지드는 헤세의 그런 점에 매혹됐으며, "자연의 향기"와 "외부 세계와의 완전하고 조화를 이룬 합일"로 그의 그림과 문학이 채워져 있다고 말했다. 헤세는 동화 《픽토어의 변신(Piktors Verwandlungen)》과 《괴로운 길》의 원고에 그림을 첨부하기도 했는데, 서로 비슷하긴 하지만 완전히 똑같지는 않은 이런 그림들을 팔아서 생활을 유지해 나갔다. 그 후 노령에 이르기까지 그림 그리는 일은 휴식이 되었고 기쁨이 되었다. 편지나 시를 간단한 수채화로 장식하는 일은 그를 기쁘게 해 주었다.

나는 흑갈색의 먹물로 작은 호수와 산 몇 개와 하늘의 구름을 그린다. 전면 언덕에 작은 마을을 그리고 하늘에 코발트색을 칠하고 호수에다가는 프러시안블루를 칠한 다음, 마을에다 황갈색이나 누런색을 아주 엷게 칠한 뒤 도화지가 색깔을 부드럽게 빨아들여 색이 점점 엷어지고 서로 엉키는 것을 기쁜 마음으로 바라본다. 나는 젖은 손가락으로 하늘을 좀 더 흐리게 보이도록 문지른다. 나는 단순하게 생긴 작은 내 팔레트와 아주 다정하게 지내고 있다. 그것은 일종의 즐거운 놀이로 이렇게 그린 내 그림이 별로 예술적 가치가 없다는 것에 대해 나는 양심의 가책을 느껴 본 적이 없다.

헤세와 볼테레크에 의해 출판된 월간지 《비보스 보코(Vivos Voco)》의 창간호가 1919년 10월에 나왔다. 그 서문에는 이렇게 쓰여 있다.

오래된 종(鍾)의 비문에서 제목을 따온 이 월간지는 어떤 특별한 프로그램이나 또는 공론을 통해 만들어진 것이 아니라 전쟁 동안 독일 포로 복지회에서 함께 일했던 두 발행인들의 수년간에 걸친 협동에 의해 만들어졌다. 우리 두 사람은 시대의 비참함을 함께 바라보았을

> 뿐만 아니라 그것을 본질적으로 추적했고 온 힘을 다해 거기 대항해서 싸웠다. 살아 있는 사람들, 그중에도 특히 젊은이들에게 우리가 호소하고 싶은 것은 시대의 온갖 괴로움에 대항해서 함께 싸우고 돕자는 것이다. 전쟁이 끝난 몇 년 동안 아이들과 노약자를 돌보는 일보다 더 중요한 정치적 · 경제적 · 학문적 · 예술적 문제는 하나도 없다.

새로 태어난 독일과 새로운 문화에 공헌하면서 극히 현실적인 사회 문제, 즉 젊은이와 국민을 교육하는 문제를 우선 해결해 보고자 노력하던 이 잡지에 협력함으로써 헤세는 그의 티치노에서의 은둔 생활 중에도 시대의 사건들에 대한 책임에서 결코 도피하지 않았고, 작가로서 자기 나름대로 재건에 공헌하고자 했다. 그는 잡지의 사회적 · 정치적 또는 경제적인 분야에 대해서는 별로 관여하지 않았고 또 글을 많이 쓴 것도 아니지만 잡지의 문학 분야에 있어서만은 뛰어난 활약을 했다. 그 잡지에 《클링조어의 마지막 여름》의 일부가 처음 발표되었고, 가장 중요한 단편인 〈클라인과 바그너〉, 〈사랑의 길〉, 〈도스토옙스키의 《백치》에 대한 논평〉이 발표되었다. 그의 관찰이나 비평들은 실질적인 처방은 되지 못했지만 패전을 당한 국민들에게 자아 인식과 통찰력을 주었다.

> 대낮의 명령이나 승전 소식 등에 있어서는 그렇게도 훌륭해 보이던 영웅주의는 실은 감상주의에 불과하다. 승전을 한 자나 어느 불행한 사람이 인생을 깃발의 저 아래쪽에 있는 것으로 경시하거나, 고통을 당했던 사람이 우정이니 사랑 또는 선(善) 같은 것이 자기를 망치게 했다고 이젠 그런 것에 대해 알고 싶어 하지도 않는다면 그런 일은 극장 구경을 좋아하는 사람들한테나 감동을 줄 것이다. 이를 가는 것은 절대로 영웅주의가 아니며, 손을 주머니에 넣고 나중에 복수할 생각으로 자위하는 일은 불쌍한 일이다.

헤세는 1922년 12월까지 그 잡지의 발행인으로 일을 했다. 그러나 그 후에도 잡지의 협조자로서 그는 많은 신간 안내문을 썼다. 이런 활동을 통해 그는 독일의 반유대주의자들과 맞서게 되었다.

> 하노버에 있는 P. 슈테게만 출판사에서 나온, 빌헬름 미헬이 쓴 〈독일 정신에 대한 배반〉이라는 짤막한 글에 대한 논평에서 나는 당시의 가증스럽고도 어리석은 독

일 국수주의에 관해서, 나치를 칭송하는 시인들과 수많은 대학생들로 구성된 나치 신봉자들의 어리석고 병적인 유대인 학살에 관해서 한마디 하게 되었다. 반유대주의는 전에도 있었던 것으로, 어리석기 그지없는 생각이었지만 요즘처럼 그렇게 심한 피해를 주지는 않았다. 그러나 최근에는 독일인들, 그중에서도 잘못된 젊은이들 중에는 반유대주의로 말미암아 무서운 해악을 끼치는 사람이 많다. 유대인 학살 운동은 젊은이들로 하여금 세상을 있는 그대로 바라보지 못하게 하고, 무슨 일이 잘못되면 그것이 전부 유대인 때문인 것으로 구실 삼게 한다. 사람들이 유대인을 사랑하든 안 하든 유대인들 역시 인간이며 발작적으로 미워할 적이 아니라, 현명하고 활동적이며 훌륭한 인간들이다. 그들이 그릇되게 행동한다면 우리가 악에 대항해서 싸우듯이 그들에 대항해 싸울 수 있다. 그러나 특정 층의 인간을 세계에 존재하는 모든 악에 대한 속죄양으로, 독일 민족의 수천 가지 무거운 죄에 대한 속죄양으로 만든다는 것은 유대인들 자신이 저지른 모든 피해보다 10배나 더 되는 끔찍한 타락이라고 말할 수밖에 없다.

헤세는 이런 종류의 글을 발표하면서 새로운 논박을 당

하게 됐다. 잡지 《오비 도이칠란트》는 《비보스 보코》를 국제적인 평화주의자 잡지라고 비꼬았고 "우리의 젊은이와 대학생들은 그런 잡지나 그 발행자인 헤르만 헤세의 발작적인 선전으로 일관된 평화주의에 대해서 우습게 알고 있다"라고 썼다.

비방하는 편지가 집으로 날아왔고 학생들이 보낸 '원기에 넘치고 분노로 가득 찬' 편지도 많이 왔다.

그러나 헤세는 이렇게 말한다. "만약에 그와 같이 냉혹하고 증오로 가득 찬 반응이 없었더라면 아마도 그 잡지를 계속 발행하지 못했을 것이고 나는 나날의 문제나 젊음에 대해서 고심하면서 보냈을 것이다. 그러나 그런 편지의 내용이란 것이 얼마나 한심했는지 모른다. 아니, 거기엔 도대체 내용이란 전혀 없었다고 말해도 과언이 아니다."

1917년은 최고의 해로, 그는 삶의 기쁨과 창작의 기쁨을 실컷 맛보았다. 모든 것을 파악하고 포착하는 데 시간이 모자랄 정도였다. 그러나 그다음 해는 헤세가 《1920년의 일기(Aus einem Tagebuch des Jahres 1920)》에서 말하고 있듯이, "일생 중 가장 비생산적인 해였으며 가장 슬픈 해였다. 1년 반 동안이나 달팽이처럼 느릿느릿 아껴 가면서 살고 있다. 불꽃은 완전히 꺼져 버리고 말았다."

헤세가 1932년에 《코로나》에 발표한 당시의 일기 스케치는 그의 시를 이해하는 데나 《클링조어의 마지막 여름》에서 《싯다르타》에 이르는 동안의 시인의 본질을 파악하는 데 있어서나 가장 중요한 열쇠가 된다.

> 문학을 고백으로 이해한다면—나는 실제로 문학이 시대에 있어 또는 내게 있어서 그런 것이라고 생각하고 있는데—예술이란 길고 다채롭고 구불구불한 길로, 예술의 목표란 예술가의 인간성과 자아를 완전하고 철두철미하게, 세밀하게 파헤치며, 완전무결하게 표현함으로써 결국은 자아를 벌거벗은 모습으로, 지쳐 떨어지고 재만 남을 때까지 속속들이 파헤치는 일이다.

이렇게 본다면 예술의 기능은 어느 정도 고해의 기능과 일치한다. 그러나 예술가는 성인이 아니다. 예술가의 고백이 아무리 솔직한 것이라고 할지라도 그는 어디까지나 자신의 세계 속에 그대로 남아 있고자 한다. 그러나 아우구스티누스나 루소에서 우리가 보듯이 성인들이란 자기의 인간성을 극복하고 신에게 귀의한다. 예술가들은 언제나 자기를 정당화하려고 하기 때문에 그들의 고해는 위험하고 목적을 가진 것이며 자위를 위한 것이 되고 만다. 헤세는 이런 위험성을 간파하고 있었다. 성인들의 규범이 되고 있는 '예수 모방'이 마음을 강하게 유혹하고 있었지만 그는 자기가 "예술가며 매우 종교적이긴 하지만 철저하게 신교적이며 분파적 혈통이기 때문에" 그런 길을 갈 수 없다는 것을 잘 알고 있었다.

그의 스케치들은 생각을 하다가 만 것 같기도 하고, 해결은 못 한 채 문제만 제시해 놓은 것처럼 보이지만 그런 대로 인생이나 활동에 대한 생각을 잘 드러내고 있다. 그는 자기가 해 놓은 일 중에서 영구히 남을 만한 것이 별로 없는 것 같았다. 1921년에 나온 시집은 극히 엄선된 것으로서 전에 쓴 많은 부피의 서정시들은 인쇄될 만한 가치가 없다고 생각되었다. 그는 전집을 내자는 제안을 거절했다. '시선(詩選)에 대한 작가 서문'에서 그는 이렇게 말하고 있다.

> 수년 전에는 아름답고 행복한 것으로 보였던 많은 것들이 이제는 우스꽝스럽고 무가치한 것으로 보입니다. 여기에 실린 이야기들은 전부 나 자신에 관한 것이며 나의 길과 비밀스러운 꿈과 소원, 그리고 쓰디쓴 고통을 반영하고 있습니다. 남들의 운명과 갈등에 대해서 솔직하게 글로 썼다고 믿었던 책들도 실은 모두 똑같은 노래를 부르고 똑같은 공기를 마시고 있는 것으로, 언

제나 같은 운명을 나타내 보여 주고 있었던 것입니다.

초기 티치노 시절 헤세는 거의 몬타뇰라를 떠나지 않았다. 가까운 루가노 주변도 그는 멀다고 생각하고 있었다. 사례금 때문에 거절할 수 없는 강연이나 낭독회 때문에 장크트갈렌이나 취리히, 베른을 몇 번 갔을 뿐이다. 그리고 가끔씩 델스베르크에 있는 벵거 집안을 방문했다. 1921년 초여름, 그는 몇 주 동안을 취리히에 머물면서 안드레아, 부허러, 쇠크, 일로나 두리고 등과 왕래했고 루트 벵거를 자주 만났고, 킬레스베르크에 있는 카를 융도 여러 번 찾아갔다. 그러나 대부분의 시간을 그는 카무치가의 암자에서 은둔자처럼 지냈다. 마을의 노파 한 사람이 음식을 만들어 주고 집안일을 돌봤다. 독일에서 받는 그의 사례금은 심한 평가절하로 말미암아 이런 소박한 생활도 제대로 꾸려 나갈 수 없을 정도였다. 게오르크 라인하르트나 프리츠 로이트홀트 등의 스위스 친구들이 그를 도왔다. 쿠노 아미에트는 헤세의 장남인 브루노를 데려다 돌보고 있었다.

나는 아무것도 없는 초라하고 수상한 나그네에 불과했다. 우유와 쌀과 마카로니로 살아가면서 다 떨어진 낡은 옷을 입고 가을이면 저녁 식사용 밤을 주워 들고 숲에서 집으로 돌아오곤 했다. 그러나 거기에서 이루어지고 있는 실험은 성공적이었다. 이 시절을 괴롭게 만드는 것은 많았지만 그것은 모두 아름다웠으며 좋은 결실을 맺었다. 수년간 계속되던 악몽에서 깨어난 사람처럼 나는 자유와 공기와 햇빛과 고독, 그리고 일을 들이마셨다.

당시의 친구로는 작가 후고 발과 그의 부인 에미 헤닝스가 있었다. 《시대로부터의 탈출(Die Flucht aus der Zeit)》이라는 작품에서 발은 헤세를 처음 만나던 일을 이렇게 회상하고 있다. "우리는 《데미안》의 작가를 개인적으로 알게 되었다. 점심때쯤 해서 초인종이 울리더니 이목구비가 날카롭고 뭔가 괴로워하고 있는 듯 보이는 마르고 젊어 보이는 사람이 들어왔다. 그는 벽을 둘러보더니 오랫동안 우리를 눈 속 깊숙이 쳐다보았다. 우리는 의자를 내주었고 나는 벽난로에 불을 붙였다. 우리는 자리에 앉아 오래전부터 잘 알고 있었던 사람들처럼 이야기를 주고받았다."

세상을 떠나기 직전인 1927년에 친구 헤세의 50세 생일을 축하하는 전기를 완성한 발은 헤세의 가장 절친한 친구가 되었다.

세월이 흐름에 따라 존경과 찬사에서 깊은 사랑으로 바뀐 후고 발에 대한 나의 관계는 두 가지의 특징, 두 가지의 공통점을 갖고 있다. 우리는 성격, 혈통, 목표가 서로 달랐지만 두 가지 공통점이 있었다. 종교적인 혈통과 전쟁 체험에서 얻은 우리의 충격이 그것이다. 우리 두 사람은 양친의 가문이나 소년 시절을 통해 옛 전통과 높은 이상, 깊은 훈계와 인간 존재의 의미에 대한 높은 경외심을 가지고 있었으며 두 사람 다 전쟁 동안 파멸을 체험했고, 유럽의 정신세계가 절망적으로 파멸하는 것을 보았다. 이러한 파멸을 서로 비슷한 식으로 겪으면서 모든 살인과 고난에 직면해 전율을 느꼈을 뿐만 아니라 그것을 통해 자신의 양심을 다시 환기하게 되었다.

후고 발이 세상을 떠나 매장되던 1927년 12월 16일에 헤세는 이렇게 썼다. "당신은 우리에게 있어서 의지할 만하고, 숭고하고, 생각이 깊은 친구였으며, 사랑스럽고 귀중한 동료였으며 멋진 동반자였고, 밤낮으로 떠들고 토론하고 궤변적인 말장난을 할 때면 우리의 적수가 되기도 했다. 그대는 우리가 사랑하고 경탄하고 함께 떠들며 우정을 나누던 재능 있고 다정하고 재미있고 심오한 인간 그 이상의 것이다. 그대는 우리에게는 규범이었다."

외부의 방문객들은 대부분 몬타뇰라로 들어가는 길을 찾아내지 못했다. 그러나 1922년 5월, T. S. 엘리엇이 자기를 매혹한 〈파멸을 응시하며〉의 작가를 만나러 왔다. 이 비평은 헤세가 1919년에 도스토옙스키에 관해 발표한 것이었다. 이 러시아 작가의 작품들, 특히 《카라마조프가의 형제들》을 통해서 헤세는 유럽의 멸망을 예언했고 완전히 비도덕적인 사고나 감정이 서구 세계에 도래하고 있다고 말하고 있다. "유럽의 반, 적어도 동부 유럽의 반이 벌써 파멸의 길을 가고 있다. 심연을 따라 미친 듯이 술에 취한 채 드미트리 카라마조프처럼 취해서 흥얼흥얼 노래를 부르며 간다. 이 노래에 대해서 소시민들은 불쾌한 표정이지만 미소를 보내고 있다. 성인과 예언자들은 눈물을 흘리면서 그 노래를 듣는다."

1919년 겨울에 헤세는 인도에 대한 작품 《싯다르타》에 착수했다. 시작은 좋았으나 진척이 잘되지 않았다.

> 스스로 경험하지 않은 것을 쓰는 것이 어리석기 그지없다는 것을 그때 처음은 아니지만 다른 어느 때보다도 더 마음 아프게 느껴야만 했다. 《싯다르타》를 쓰다 중

단한 기나긴 침묵의 시간 동안 나는 청년 시절 이후 내게 가장 성스럽고 친밀한 세계가 된 인도의 정신세계 속에서 길을 모색하기 이전에 금욕주의와 명상의 생활을 보충해야만 했다.

《싯다르타》는 1922년에 나왔다. 1부는 로맹 롤랑에게 헌정되었고 1년 뒤에 완성된 제2부는 그로 하여금 동양의 언어, 문학, 종교에 관해 깊이 연구하도록 만든 '일본에서 온 사촌' 빌헬름 군데르트에게 헌정되었다. 이 작품은 자라고 교육받고 형성된 정신세계가 자기를 충족시키지 못하기 때문에 고향을 떠나 금욕의 생활을 통해 사문이 된 훌륭한 브라만 계급의 후손 싯다르타의 이야기다. 그는 자기가 찾던 인식을 현실을 경멸하는 고행을 통해서도, 고타마 붓다와의 만남을 통해서도 얻지 못한다. 친구며 동행자인 고빈다는 고매한 자를 만나 따라간다. 그러나 싯다르타에게는 그의 가르침이 풀 수 없는 수수께끼처럼 여겨지기만 한다. 그는 방황을 계속하다가 감각의 세계를 경험한다. 아름다운 기생인 카말라가 그의 교사가 된다. 장사로 성공한 그는 부와 권력을 갖게 된다. 그러나 마음 깊숙한 곳에서는 언제나 사문으로 남아 있는 그는 아름다운 가상의 세계를 떠나고 만다. 절망 속에서 다시 깨어난 그는 새로운 삶을 시작하고 뱃사람 바수데바를 도우면서 강의 비밀과, 외양이 바뀌는 가운데에도 불변하는 것이 있음을, 영원한 변화 속의 합일이 있음을 배우게 된다.

> 그리움의 탄식, 현자(賢者)들의 미소, 분노의 외침, 죽어 가는 자의 신음, 이 모두는 하나다. 모두가 서로 엉키고 매듭지어져 있으며 수천 번 뒤엉켜 있다. 그리고 온갖 목소리, 온갖 목적이나 바람, 온갖 고통과 쾌락, 선과 악, 이 모든 것이 즉 세계다. 이 모두가 다 함께 사건의 강(江)이며 인생의 음악이다. 싯다르타가 강의 소리에 조용히 귀를 기울여 수천의 소리가 뒤얽힌 노래를 들으면서 기쁨이나 슬픔에 귀를 기울이지 않고 마음을 어떤 특별한 목소리에 묶어 두지도 않고 자아 속에 몰두하고 그것을 한꺼번에 들으면서 전체로, 합일로서 이해하게 될 때 수천의 소리가 뒤엉킨 듯한 그 굉장한 노래가 하나의 단어 옴(Om), 즉 완성이라는 말로 이루어졌음을 알게 된다.

싯다르타는 산스크리트어로 목적을 달성한 사람을 일컫는다. 싯다르타, 즉 헤세는 새롭게 세계의 조화를 재발견했다.

이 작품의 조용하고 자로 잰 듯한 음악적인 언어가 그것을 단적으로 나타내 준다. 헤세 자신이 이 작품의 내용을 "인도와 중국에 대한 거의 20여 년에 걸친 우애"의 결실이라고 말하고 있다. 10년 전에 낸 인도에 관한 책이 젊은 그를 유혹했던 인도의 외적 모습을 보여 준 것과는 달리 《싯다르타》는 동방의 지혜로운 정신세계에서 그가 어떤 것을 경험했나 하는 것을 보여 준다. 헤세는 루가노에서의 국제 회합에서 알게 된 인도의 어느 학자가 《싯다르타》의 마지막 장 낭독을 듣고 나서 인도 철학의 정수에 그렇게 깊숙이 도달한 유럽인을 만나 보게 되어 놀라고 감동했다는 말을 하자 굉장히 기뻐했다. 《싯다르타》는 인도인들이 많은 관심을 가졌고 좋은 반응을 얻었다. 그 작품은 지금까지 여덟 종류의 인도어로 번역되었다.

그러나 《싯다르타》는 결말이 인도적이라기보다 '도교적(道教的)'으로 끝나고 있다. 헤세에게 이 작품은 동방세계에 대한 깊은 관심의 한 이정표에 불과하다. 해가 거듭될수록 그의 관심은 인도로부터 중국 종교와 철학으로 변화하게 된다. 싯다르타의 생애를 다룬 이 작품 역시 이국적인 옷을 걸치고 있긴 하지만 결국 헤세 자신의 자서전이며, 선조들의 경건주의적 세계로부터 벗어나 보려는 시도가 들여다보이는 일종의 새로운 자기표현이다.

헤세 자신이 말하고 있듯이 이 작품은 자신의 신념을 표출해 낸 것이다.

《싯다르타》가 사랑을 지식보다 위에 놓았다는 점, 그가 독단론을 배척하고 합일의 체험을 중심에 놓았다는 점을 기독교로의 회귀, 또는 신교적인 특성으로 보아도 될 것이다.

황야의 이리

1923년 여름, 헤세는 이혼을 하고 스위스 국적을 취득했다. 1945년, 헤세는 뷔르템베르크의 목사인 D. 부름에게 보낸 편지에서 "제1차 세계대전 뒤, 전 독일이 그들의 공화국을 다 함께 사보타주하고도 아무것도 배우지 못하는 것을 본 이상 스위스 국적을 받아들이는 것이 수월해졌습니다. 그 일은 독일의 힘의 정치에 대한 강한 반발심에서 이루어진 것으로 전쟁 중에는 도저히 불가능한 일이었습니다"라고 쓰고 있다.

1923년부터 헤세는 겨울철 또는 봄철의 몇 달을 스위스에서 머물면서 지내기 시작했다. 그는 두 해 겨울을 바젤에서 보냈고 1923년 늦가을, 처음으로 오랫동안 독일로 돌아와 슈투트가르트와 프라이부르크에서 강연을 했다. 1924년, 그는 스위스 작가인 리자 벵거의 딸, 루트 벵거와 결혼했다. "결혼이란 내가 간절히 원하는 것도 아니고 나한테 어울리는 일도 아닙니다. 그러나 이곳에서는 나의 사상이나 소원보다도 삶이나 운명이 훨씬 더 강력한 힘을 갖고 있는 듯합니다." 그는 결혼 6개월 전에 어느 편지에다 이렇게 쓴 적이 있었다. 곧 어려움이 드러났다. 결혼 생활은 얼마 가지 못했다. 두 번째 결혼은 1927년 초에 법적으로 끝장났다.

1925년부터 1931년까지 헤세는 매해 겨울을 취리히에서 지냈는데 '사랑스러운 시암 사람'이라고 불리던 알리스와 프리츠 로이트홀트 부부가 빌려준 샨첸그라벤에 있는 작은 아파트에서 살았다. 헤세는 두 사람을 첫 번째 인도 여행에서 알게 되었다. 프리츠 로이트홀트는 상인으로서 오랜 세월을 태국에서 일했다. 그곳에서 그는 아시아의 예술품을 수집했으며 취리히에 있는 그의 아름다운 집에는 동양의 향취가 그윽했다. 여름이면 헤세는 베른 근처 '론'이란 집에 사는 벨티 부부의 손님이 되기도 했다. 현명하고 조용한 역사학자인 프리드리히 에밀 벨티 박사는 점잖고 기사도적인 학자였으며 그의 두 번째 부인은 수십 년이 지나도록 헤세와 절친한 관계를 이어 갔다. 그들에게 헤세는 시 〈오르간 음악〉을 헌정했고, 〈낡은 시골집에서의 여름날〉이라는 시는 그들의 집 '론'을 암시하고 있다. 빈터투어의 예술 수집가이며 예술 보호가인 게오르크 라인하르트, 커다란 모직물 회사의 대표인 볼카르트, 브렘가르텐의 성주(城主)인 막스 바스머와 그의 부인, 취리히에 살고 있는 친구 엘지와 한스 C. 보드머 등이 그가 몇몇 미술가나 음악가 외에 특히 가깝게 지낸 친구들이었다.

심한 류머티즘 때문에 헤세는 의사의 충고에 따라 1923년에 처음으로 취리히 근처에 있는 바덴으로 갔고 그 후 매년 바덴의 요양객이 되었다. 그는 번잡한 여름철을 피했기 때문에 언제나 늦가을에 그리로 가서 호텔 베레나호프에서 조용히 지내면서 조심스럽게 치료 지시를 따랐다. 그는 〈바덴 요양원 스케치〉에서 이렇게 쓰고 있다.

> 25년간 나는 이 집에서 많은 것을 경험했다. 많은 것을 생각했고 꿈꾸었으며 많은 것을 썼다. 호텔의 내 책상 서랍에는 《나르치스와 골드문트》, 《동방 여행》, 《유리알 유희》 등의 원고가 쌓여 있었고, 편지와 서평 수백 편, 수십 편의 시가 그 방 안에서 쓰였으며 많은 나라에서 친구와 동료들이 그곳으로 나를 찾아왔다. 나는 거기서 즐겁고 행복하게 술을 마시면서 저녁을 보내기도 했고, 어떤 때는 비참한 기분으로 때로는 일에 도취해서 지낼 때도 있었고 지치고 시든 사람처럼 시간을 보낼 때도 있었다. 마을이나 집 어느 구석, 그 어디에도 추억이 있었고 그 추억들은 여러 층으로 차곡차곡 쌓여 있었다. 4층의 환한 방에서 나는 〈밤의 생각〉이라는 시와 〈명상〉이라는 시를 썼다. 〈밤의 생각〉은 신문에서

유대인 학살과 유대 교회 방화 기사를 읽고서 밤에 쓴 것이다. 그 집의 다른 방에서 50세 생일을 맞이하기 몇 달 전에 〈병상의 시〉가 쓰였다. 그리고 아래층의 홀에서 나는 동생 한스의 실종 소식을 들었으며 그다음 날에는 그의 사망 소식도 그곳에서 들었다.

바덴 시절 초기에 그는 《바덴의 심리학, 또는 바덴 요양객들의 주해서》를 썼는데 후에 제목을 '요양객(Kurgast)'으로 바꾸었고 베레나호프의 주인인 프란츠 사버 마르크발더와 요제프 마르크발더 형제에게 헌정되었다. 사비로 출판된 초판의 발행사에는 이렇게 쓰여 있다.

이 작품은 1923년 초와 가을, 두 번에 걸친 요양소 방문 시에 초고가 잡혀 1923년 10월에 일부는 바덴에서, 일부는 몬타뇰라에서 쓰인 것이다. 호텔이나 요양소의 나로서는 익숙지 않은 태평한 기분으로 새로운 책이나 사람들을 만나 알게 되었으며 그 여름 동안 나는 《싯다르타》에서 《황야의 이리(Der Steppenwolf)》에 이르는 사색과 자아 실험의 계기를 갖게 되었다. 나는 자신과 주변의 관찰자가 되어 순간순간을 관찰하고 분석하고자 하는 아이러니하고 장난스러운 욕망을 갖게 되었고

> 태만함과 부지런함 사이에 공중에 뜬 것 같은 상태 속에 있었다.

그는 덧붙여 말하기를 작품 《요양객》이야말로 나이가 들어서 보아도 자기 작품 중에서는 다른 것보다 '나은 작품'으로 생각된다고 했다. 이 작품은 바덴이나 그곳의 풍경, 온천, 인간 들을 이야기하는 작품이 아니라 환자들의 심리, 정상적인 인간 세계에 대한 그들의 입장에 관해 문제 삼고 있는 작품이다. 그는 '정직함과 유머에 대한 시도'로서 《요양객》과 다음 작품 《뉘른베르크 여행》을 썼다. 1924년 1월 19일 쓴 편지에서 그는 "전면(前面)의 반은 온통 익살스럽지만 그 뒤를 보면 이 작품이 내 고백 중 가장 사적이며 진실한 것임을 발견하게 될 것이다"라고 적고 있다.

시인 헤세가 본 요양객 헤세는 자기 자신이나 주변과 불화하면서 살고 있다. 시인으로서 그런 것과 마찬가지로 요양객인 그는 생의 모순, 이중성 때문에 괴로워한다.

> 나는 이중성을 표현해 보고 싶다. 멜로디와 반대 멜로디가 동시에 확실하게 드러나며, 다양성과 합일이, 우스꽝스러운 것과 진실한 것이 서로 대비되게 나타나 보이는 글을 쓰고 싶다. 왜냐하면 그런 곳에 나의 인생이

있기 때문이다. 양극의 교체, 세계의 양쪽 기둥 사이를 왔다 갔다 하는 것이 내 인생이다. 나는 언제나 황홀한 마음으로 세계의 축복받은 다양성을 드러내 보여 주고 이런 다양성이 합일을 근거로 뿌리박고 있다는 것을 알려 주고자 했다.

다른 곳에서 헤세는 이렇게 말한 적도 있다. “시인인 나의 운명은 세계를 예술이 아니라 사상을 가지고 정복하려는 시도를 계속하는 일이다.” 이런 문제에 대해서 그는 1921년 초여름, 카를 융과 킬레스베르크에서 대화를 주고받았다. 〈네덜란드인〉이라는 장(章)은 마치 심리 치료 연구서와 비슷하다. 64호실에 있는 폼 하크는 조심성 없이 남한테까지 들리게 인생 하소연을 늘어놓음으로써 옆방에 있는 예민하고 신경과민인 환자 헤세를 분노와 절망에 빠뜨린다. 그러나 그는 자아 관찰과 감정 이입, 또는 적대자와의 신비스러운 결합을 통해서 증오심을 극복하고 사랑하게 된다. 헤세는 인간, 그중에서도 정상적이고 건강한 사람과 비교해 볼 때 병자와 비슷한 예술가들이 어떻게 현실 속에서 길을 찾고 현실 조건으로부터 해방될 수 있는가 하는 문제에 몰두하고 있었다. 그리고 이 작품을 통해서 “인생을 될 수 있는 대로 진실하고 성실하게 보여 주려는” 시도를 자기 풍자와 유머와 탁월한 재능으로 보여 주고 있다.

《뉘른베르크 여행》은 쓰인 시기나 자서전적인 내용에 있어서 《요양객》과 닮은 점이 많다. 강연차 남부 독일로 여행했던 일에 대해 이야기하고 있는 이 작품은 주가 되는 서사에다 유머러스하고 비판적이며 자기 풍자적인 묘사를 혼합하고 있다. 헤세는 1925년 늦가을, 작품 낭독을 위해 몇 군데의 남독일 도시에 초대를 받았는데 조금 주저하다가 이 제안을 따르기로 했다.

> 공개 강연에서 나는 그것이 은둔 생활에 장애가 된다는 사실뿐만 아니라 좀 더 깊고 근본적인 혼란과 갈등을 경험했다. 심하게 말하자면 나는 일반적으로 문학에 대해 불신감을 갖게 되었다. 그런 기분은 강연을 할 때뿐만 아니라 창작을 할 때에도 나를 괴롭혔다. 나는 우리 시대 문학의 가치를 믿지 않는다. 각각의 시대가 정치, 이상, 유행을 갖고 있듯이 문학을 가지고 있는 것에 불과하다. 나는 오늘날의 독일 문학이 덧없고 절망적인 상태에 있으며, 메마르고 거친 땅에서 자라고 있는 씨앗이며, 흥미롭고, 문제성은 있지만 자라고 완성되어 지속적인 열매를 맺게 되지는 못하리라는 생각에서 벗어날 수가 없다. 그래서 나는 오늘날 작가들이 – 나도

그중의 한 사람이지만—훌륭한 작품을 그려 내려고 하고 있는 것이 변변치 못한 아류에 불과한 것이 아닌가 하는 생각이 든다. 곳곳에서 나는 쓸모없는 모형을 좇아가고 있는 조작의 낌새를 느낀다. 반면 나는 문제적인 작품을 썼던 과도기 문학에 대해서는 그 높은 가치를 인정하는데 거기에는 자신의 괴로움과 시대의 괴로움이 매우 성실하게 그려져 있기 때문이다. 그런 이유로 나는 요즘 작가들의 잘 만들어 놓은 작품을 즐기거나 받아들일 수가 없다. 대신에 성실한 시도를 하고 있는 젊은 작가들의 거칠고 멋대로 만들어진 작품들 속에서 많은 공감을 느낀다. 내 작은 세계와 문학 속에서 나는 계속 이런 갈등을 느끼고 있다.

로카르노, 취리히, 투틀링겐 등지를 여행하면서 헤세는 블라우보이렌에서 친구 빌헬름 헤커를 방문했다. 그는 울름에서 강연회를 가졌고 친구를 만났으며 병영(兵營)과 정거장과 성당을 구경했고, 스스로를 '있는 그대로의 현실에다' 적응시키는 일에 자신이 태만했었다는 것을 생각했다.

다시 한번 나는 양극 사이에 장력이 있음을, 현실과 이상 사이, 현실과 미(美) 사이의 틈에는 다리가 허공에

떠서 흔들거리고 있음을 알았다. 그 다리는 유머였다. 그렇다, 유머를 가지고 있노라면 모든 것이 견딜 만하다. 정거장도, 병영도, 문학 강연회도….

헤세는 아우크스부르크, 뮌헨, 뉘른베르크로 낭만적인 여행을 했다.

나는 성(聖) 로렌츠 교회와 성 제발트 교회를 구경했고 정원 분수가 우아한 시청 건물도 보았다. 나는 이 모든 것을 보았다. 모든 것이 아름다웠다. 그러나 그것은 전부 크고, 흉하고 황폐한 산업 도시로 둘러싸여 있었으며 기계 소리와 자동차 소리로 가득 차 있었다. 이 모든 것이 원형 천장도 만들 줄 모르고, 분수도 꽃도 가꿀 줄 모르는 이 별난 시대의 박자 속에서 가볍게 전율하고 있었다. 모든 것이 다음 순간에 곧 쓰러질 것처럼 보였다. 왜냐하면 거기에는 어떤 목적도 영혼도 없었기 때문이다.

뮌헨의 토마스 만의 방문, 요아힘 링겔나츠와의 만남, 밸런타인 축제일 저녁의 연극 구경으로 이 여행은 끝났고 여행과 함께 작품 사이의 감상적 막간극과도 같았던 아름다운 보고들도 끝이 난다.

> 세계를 통찰하고 세계를 해명하며 세계를 경멸하는 것이 위대한 예술가들의 일이지. 그러나 내게 있어 유일한 관심사는 세계를 사랑할 수 있는 것, 세계를 경멸하지 않는 것, 세계와 나를 미워하지 않고, 세계와 나 그리고 모든 존재를 사랑과 경탄과 경외의 마음으로 바라볼 수 있는 것이야.

헤세는 이런 문장을 《싯다르타》의 마지막에 썼으며 그 문제가 해결되고 조화를 찾은 것으로 작품을 끝맺고 있다. 그러나 싯다르타가 도달한 그 목표는 작가 헤세에게는 단지 하나의 이정표에 불과했다. 《요양객》과 《뉘른베르크 여행》에서 내부 세계보다는 외부 세계를 보여 주었던 헤세는 몇 년 뒤에 가차 없는 심판의 날을 다룬 《황야의 이리》라는 작품으로 독자들을 놀라게 하고 충격을 주었다. 당시 쓴 시 몇 편이 실린 일종의 일기라고 볼 수 있는 작품 《위기》의 후기에서 헤세는 이렇게 썼다.

> 나의 일생에는 극히 승화된 시기와 영혼의 금욕기, 단순하고 감각적이며 소박하고 어리석으며 또한 미친 듯

하고 위험한 시기가 서로 교차하고 있다. 누구나 이런 것을 마음속에 가지고 있다. 어둡고 깊은 내 인생의 반은 초기 작품에 있어서는—의도적인 것은 아니었지만—침묵 속에 얼버무려져 있었다. 이런 침묵의 이유는 내가 생각하기에는 감각적인 것을 소박한 마음으로 억압했기 때문이라기보다는 그런 분야에 있어서의 열등감 때문이었다. 나는 정신적인 것을 감각적인 것보다도 더 훌륭한 것으로 생각하고 있었다.

진실에 대한 의지는 시인으로 하여금 자아와 자기 시대를 분석하도록 만들었다. 자신의 존재, 행동, 주위가 그에게 있어서는 온통 의심스럽고 증오스럽게 느껴졌다. 그는 당시 편지에서 "나에게 이젠 편지하지 마십시오. 정상적이며, 시민적이고, 만족한 당신의 삶을 바라볼 때 나는 참을 수가 없습니다"라고 쓰고 있다. 헤세가 참을 수 없었던 것은 배부르고 스스로 만족하는 소시민 사회만은 아니었다. 그는 기계 만능의 합리적인 사회 현상과 종국에까지 도달한 현대 문명을 괴로워하고 있었으며 현대인의 정신이나 영혼 상태를 지진계처럼 민감하게 느끼고 있었다.

그는 "우리의 발아래에 지옥이 입을 벌리고 있다는 생각, 변혁과 전쟁이 다가오고 있다는 위협"에서 벗어날 수가 없었다. 그는 이러한 기분으로 자신의 모습에 대한 새롭고 가차 없는 자화상으로서 황야의 이리인 하리 할러의 이야기를 썼다. 자기를 그렇게까지 만든 세계에 대해 반항하고 나선 할러의 위기는 쉰 살이 된 남자의 병적인 위기와 비슷하다. 그러나 이러한 진단 속에는 할러가 속한 '세대의 노이로제', 즉 시대의 병이 드러나고 있다. 고독하며 무시무시하고 모든 장애물을 부수려고 날뛰는 동물인 황야의 이리의 모습으로 나타난 할러는 자신의 갈등, 자신과 세계 간의 갈등을 파괴해 보려고 시도하고 있다. 그러나 그의 삶은 너무나도 많이 갈라져 있다.

> 그것은 본능과 정신, 성자와 탕아, 이런 식으로 양극으로 대립되고 있는 것이 아니라 수천의 헤아릴 수 없이 많은 극 사이에서 흔들리고 있다.

완전한 파멸과 해체의 위협 속에서, 절망 가운데에서 그는 중심을 찾고 있으며 "인생의 파편 속에서 멀리 날아가 버린 의미"를 찾으려고 애쓴다. 그러나 잃어버린 합일은 그가 '마적(魔的)인 자아'의 무의식 속에 들어가 영혼의 혼란 속에 몸을 내던지고 그 속에서 완전한 자아의식을 되찾을 때만 다시 얻을 수 있다. 그렇기 때문에 할러의 이 이야기는 영혼이 병든 이상주의자의 환상 그 이상의 것이다. 그것은 "이 거대한 시대의 병을 우회나 변명으로서가 아니라 병 자체를 표현의 대상으로 삼는 시도를 통해 극복해 보려는 기록이며 시도였다. 그것은 글자 그대로 지옥으로의 여행이었으며, 지옥을 건너 혼란의 세계와 맞서 싸우며, 악을 끝까지 견뎌 보려는 의지 속에 정신세계의 침침한 혼란 속을 두려워하면서 혹은 용감하게 뚫고 지나가는 여행이었다."

자아와의 만남, 자기 속으로의 지옥 여행이 이 작품의 내용이다. 그러한 만남은 꿈과 환상과 현실 사이의 이상한 나라에서 이루어지고 있는데 굉장한 긴장 속에서 얻어진다. 그는 열정, 부도덕, 방황, 허무주의, 자살에까지 이르게 하는 구토감을 경험한다. 그의 과거는 빛이 굴절을 하는 거울 상자 속에서 비춰 보이고 있다. 할러는 동경하던 현실이 결국은 자기 속에서 발견되는 것임을 알게 된다.

> 나는 당신 속에 이미 존재하지 않았던 것을 당신에게 줄 수 없습니다. 나는 당신의 영혼 이외에 다른 어떤 전시장도 당신에게 열어 보여 줄 수가 없습니다. 나는 기회나 충동, 열쇠밖에 당신에게 줄 것이 없습니다. 나는 당신에게 당신 자신의 세계를 볼 수 있게 도와줄 뿐, 그

것이 전부입니다.

《황야의 이리》는 원만한 해결을 보여 주지 못하고 있다. 할러는 주어진 시험에 통과하지 못한다. 그러나 절망 가운데서 끝나고 있지는 않다. 그는 게임을 다시 시작하려고, 다시 살려고 한다. 그리고 그는 지시받은 대로 이제는 웃는 것을 배웠다.

> 이성(理性)을 갖도록 해라. 너는 살아야만 한다. 그리고 웃는 것을 배워야만 한다. 너는 인생의 라디오 음악에 귀 기울이는 것을 배워야만 하고, 그 음악 뒤에 숨은 정신을 존경해야만 한다.

할러는 전쟁과 과학, 금전에의 도취, 국수주의 또는 모든 가증스러운 현상들이란 전부 별 의미가 없는 것이라는 사실을 말하고 있을 뿐만 아니라 이러한 현상 뒤에는 시간을 초월해 우리가 만져 볼 수 없는 거대한 이념이 숨어 있다는 사실을 발견한다.

본능적이며 혼돈된 세계의 저 위에는 "높고 영원한 제2의 세계, 불멸의 세계, 적극적이며 유쾌하고 초개인적이며 초시간적인 신념의 세계"가 있다.

여기에 '마술 극장'의 의미가 있으며 헤세에게 있어 '가장 의미 깊고 중요한' 이미지와 가면에 대한 의미가 있다. 마술 극장은 야만 문명에게 침식되지 않고 신적인 것과 정신적인 것에 대해 인간에게 이야기할 수 있는 초현실적인 무대이다.

뒤엉킨 어둠 속에서 '황금빛의 자취'가 빛을 발하고 있다. 그 길은 모차르트에게로 가는 길이다. 모차르트는 불멸의 인물이며 그 이름은 마술적인 힘을 가지고 있다.

"모차르트가 나를 기다리고 있었다"라는 말로 이 작품은 끝나고 있다.

1920년의 일기에 이미 이런 말이 쓰여 있다.

> 오늘 나는 알록달록한 인생의 잎사귀로 가득 찬 이 페이지에다가 '세계'나 '태양'이란 말처럼 마술이나 빛으로 가득 차 있고, 소리와 풍성함으로 가득 차 완전한 완성과 완전한 인식의 더할 수 없이 그윽하고 더할 수 없이 풍성한 한 단어를 쓰려고 한다. 그 단어는 어떤 마술적인 표식처럼 생각되기 때문에 그것을 이 페이지 위쪽에다 크게 써 놓겠다. 모차르트. 그 뜻은 세계란 어떤 의미를 갖고 있으며 그 의미를 우리는 음악의 알레고리 속에서 느껴 볼 수 있다는 뜻이다.

《황야의 이리》는 1927년에 나왔다. 그해 초에 헤세는 육체적으로 기진한 상태에서 벗어나 전혀 다른 종류의 작품, 처음이자 마지막으로 정신과 육체의 갈등을 다룬 작품 《나르치스와 골드문트》에 착수했다. 이 작품을 쓰는 동안 그는 〈일하는 밤〉이라는 짤막한 스케치를 썼다. 그 속에는 이런 말이 있다.

> 나는 새로운 작품을 쓰고 있는데 거기에는 나의 경험, 사상 또는 문제의 상징이며 표현인 인물이 등장한다. 이런 신비한 인물—페터 카멘친트, 크눌프, 데미안, 싯다르타, 하리 할러—의 등장은 창작의 중심이다. 내가 쓴 산문은 거의 다 영혼의 자서전으로 줄거리나 사건 또는 긴장을 주로 다루는 것이 아니라, 작품 하나하나가 본질적으로는 한 특별한 인간, 즉 앞서 말한 '신비한 인물'의 세계와 자신에 대한 세계의 관계를 다루는 독백이다.

다른 작품들과 마찬가지로 《나르치스와 골드문트》 역시 영혼의 자서전이다. 그러나 이 작품에는 로고스와 에로스의 대립, 부성적인 것과 모성적인 것의 대립이 두 인물의 완전한 우정 속에 서로 결합되어 있기 때문에 갈등이 불화로 연결되는 것이 아니라 하나의 극(極)으로 서로 융화된다. 이야기는 중세의 세계를 보여 준다. 학식 있는 젊은 수도사 나르치스는 골드문트와 깊은 우정을 맺는다. 그러나 나르치스가 수도원의 금욕과 정신적 생활에 잘 조화되는 것과는 달리 골드문트는 밖의 세계로 나간다. 그는 인생과 여자들의 사랑을 배우며 환락을 받아들이고 그들에게 환락을 준다.

《황야의 이리》에는 "지쳐 버린 속에서도 다시 꽃을 피운다"라고 쓰여 있다. 헤세의 다른 작품들 속에서는 거의 찾아볼 수 없었던 관능적인 사랑이 골드문트의 모습을 통해서 시적인 환상 속에 그려져 있다. 골드문트는 조각가가 되어 나르치스의 모습을 닮은 사도 성 요한의 조각상을 만든다. 많은 운명을 경험하지만 그는 결코 한곳에 만족하고 머물지 못한다. 무엇인가가 그를 머나먼 곳으로 끌고 간다. 수많은 낯선 여인들에 대한 그리움이 그를 유혹한다. 그러나 그는 결국 마리아브론으로 돌아와 그의 우정을 통해 한 조각의 사랑을 경험하게 된 친구의 품 안에서 세상을 떠난다. 예술가와 사상가의 대립 세계를 창조하고 표현하는 일과, 세계를 사상적으로 이해하는 일과의 대립이 작품 《나르치스와 골드문트》에서는 조화롭고 고양된 합일을 이루고 있다. 골드문트는 세상을 체험하고 맛봄으로써, 나르치스는 정신의 엄격한 자기 보호를 통해서 두 사람 모두 스스로를 완성하고 목표를 달성한다.

이 책은 상당한 성공을 거뒀다. 많은 독자와 비평가들이 이 작품을 헤세의 가장 아름답고 시적인 작품으로, 서사적인 소설 기법에서도 가장 성공한 작품으로 이야기했다. 그러나 헤세 자신은 그에 대해 못마땅하게 생각하고 있었으며 에르빈 아커크네히트에게 보내는 편지에서 이렇게 쓰고 있다.

> '골드문트'에 사람들은 매혹되고 있습니다. 그러나 그 작품은 《황야의 이리》보다 못한 작품입니다. 《황야의 이리》는 주제가 확실하고 소나타와도 같은 형식으로 쓰였지만 '골드문트'는 훌륭한 독일의 독자라 할지라도 담배나 피우면서 중세를 생각하고 인생이란 아름답고도 슬픈 것이라는 정도나 생각할 수 있을까 자신의 삶, 자신의 직업, 전쟁, '문화' 등에 대해서는 생각하게 되질 않습니다. 사람들이야 자기 취향대로 책을 보는 거지요. 그건 별문제가 아닙니다. 그건 몇몇 사람들의 얘기일 뿐이니까요.

1927년, 헤세의 50세 생일에는 토마스 만의 생일처럼 화려한 향연이 베풀어지지 않았다. 그는 공개적인 찬사는 좋아하지 않았다. 그러나 그와 함께 생일을 축하한 몇몇 스위스 친구들이 있었는데 그중에는 오스트리아 예술가인 니논 돌빈이 끼어 있었다.

편지로는 몇 년 전부터 왕래가 있었지만 두 사람은 1926년에야 개인적으로 알게 됐다. 1927년부터 그들은 함께 살았다. 그녀는 헤세가 세상을 떠날 때까지 30여 년을 함께 살았는데 어려운 시절 그에게 꼭 필요한 현명하고 용감하며 이해심 많은 동반자였다. 1931년까지 헤세는 카사 카무치에서 살았다. 거기에 세 들어 살던 사람들 중에서 아무도 그 이상하고 요란하게 생긴 성에 그렇게 오래 머물렀던 사람은 없었다.

> 이곳에서 나는 수년간 고독을 즐기고 고독으로 인해 고통받기도 하면서 슬픔을 달래는 비누 거품처럼 수많은 창작을 하고 그림도 그렸다. 나는 마치 소년 시절부터 다른 환경에는 있어 보지 않은 사람처럼 이곳에 친숙해졌다. 나는 감사하는 마음으로 자주 이 집을 그렸고, 노래하기도 했다.

그러나 이제 함께 있을 사람을 위해 좀 더 크고 편안한 거처를 찾아야 할 때가 왔다.

어느 날 아름다운 동화가 실현되었다. 1930년 봄날 저녁, 우리는 취리히에 있는 '방주'*에 앉아 이야기를 하고 있었는데 집과 건물에 관한 이야기였고 집을 갖고자 하는 내 소망을 피력하게 되었다. 그러자 갑자기 친구 B가 나를 보고 웃으면서 소리쳤다. "집을 가져야만 하고말고."

몇 년 전부터 헤세에게 많은 도움을 주고 있는 한스 C. 보드머 박사가 헤세의 마음에 맞는 집을 지어 일생 동안 살게 해 주었다. 집 '카사 헤세'는 몬타놀라 북쪽 마을에서 좀 떨어진 숲과 덤불 속에 숨겨져 있다. 거기서 내려다보면 루가노 호수와 이탈리아 해안이 보이고 산 살바토레와 몬테 제네로소 봉우리까지도 볼 수가 있다. 1931년 8월에 헤세는 이사를 했다.

* 집의 별명.

몬타놀라

〈티치노의 가을날〉이라는 짤막한 스케치에서 헤세는 자기가 12년간 늦여름과 가을이면 그곳의 경치 속에서 지내면서 방랑자나 화가로서 농부나 포도 재배자들이 일하는 모습을 울타리 너머 부러움에 가득 찬 눈으로 바라보았다는 이야기를 썼다.

> 어디엔가 정착하여 한 조각의 땅을 사랑하고 그것을 관찰하거나 그림 그리는 대신에 땅을 갈면서 농부나 목자들의 기쁨을 나누어 갖고 시골 달력의 2000년 동안에도 변하지 않는 리듬 속에서 즐겨 생활하는 것, 그것이 내게는 가장 아름답고 부러운 운명이었다. 나는 그것을 꼭 한 번 맛보고 체험했었는데 나를 충분히 행복하게 해 주지는 못했다. 그런데 보아라. 이 고귀한 행운이 나한테 다시 한번 닥쳐왔다. 마치 다 익은 밤이 방랑자의 모자 위에 떨어지듯 그 행운은 내 무릎에 떨어졌다. 이제 열매를 까고 먹기만 하면 된다. 기대하지도 않았는데 나는 다시 한번 안주하게 되었고 주인은 아니지만

그래도 일생 동안 마음대로 할 수 있는 소작인으로서 한 조각의 땅을 갖게 되었다. 우리는 얼마 전 집을 짓고 이사해 왔다. 나는 이제 많은 회상 속에서 이미 익숙한 농부의 삶을 시작하려 한다.

집에서 남쪽으로 경사진 정원 일은 가이엔호펜에서와 마찬가지로 그의 하루 일과의 중요한 한 부분이 되었다. 관목 · 나무 · 꽃을 심었고 풀이 자라고 있는 숲의 비탈에 대나무 묘목도 심었다. 몇 년 안 가서 대나무는 빽빽하게 자랐고 좁은 오솔길 위로 여린 줄기가 아치 모양을 만들었다.

"안정감, 고향을 가졌다는 느낌, 꽃과 나무와 땅과 샘과의 우정, 한 조각의 땅과 50그루의 나무와 몇 개의 화단, 무화과와 복숭아나무에 대한 책임감"이 도시 생활에 혐오감을 갖고 있던 시인에게는 정신노동에 있어 불가피한 행복의 일부로 여겨졌다.

후기 30여 년간의 헤세 작품들에서 보이는 관조와 명랑함은 정신적인 창조자로서 삶과의 훌륭한 조화 속에, 자연의 리듬과 그의 내적인 결합 속에서 유래한 것이다. 그 집은 테라스와 창문에 정원과 계곡이 펼쳐져 있었다. 2층에는 '스튜디오'라고 불리는 서재가 있었고 아래층에는 가운데에 크고 낡은 책상이 있고 종이, 그림, 책, 원고, 그림 도구가 흩어져 있는 화실이 있었다. 개가식 열람실, 서재, 화실, 우편실로 쓰는 이 방의 옆에는 큰 도서실이 있었는데 여기서 손님을 맞아들여 차를 마시고 음악을 듣기도 했다. 이 방에서는 커다란 창문을 통해 건너편 계곡의 산이 내려다보였고 네 벽에는 책이 천장까지 가득 쌓여 있었다. 수천 권의 책이 나라별로 문학, 철학, 심리학, 역사의 분야로 나뉘어 그 방을 문학과 정신세계의 왕국처럼 만들었다. 이곳이야말로 헤세의 책 제목처럼 '세계 문학의 보고(寶庫)'였는데 많은 책을 그냥 모아 놓은 게 아니라 일생 동안의 독서를 통해 자신과 내적으로 긴밀하게 연결된 작품들을 조심스럽게 선택해 놓은 것이었다.

헤세는 〈독서에 대해〉, 〈책과의 교우에 관해〉, 〈책의 마술에 대해〉 등 많은 수필, 관찰, 스케치를 썼으며 중개인이 되어 위대한 문학을 소개하는 것을 자신의 과제로 생각했다.

세계 문학에 대한 이해는 사람을 교양 있게 만들 뿐만 아니라, 그것 자체가 완성이며 원동력으로 "삶에 의미를 주고 과거를 이해하게 하고 미래를 두려움 없이 맞아들이도록" 한다.

레클람에서 '세계 문학의 보고'라는 제목으로 나온 세계 명작 시리즈의 책자에서 헤세는 이렇게 말한다. 문학

의 이해는,

> 과거 여러 나라의 수많은 작가나 사상가들은 작품을 통해 우리로 하여금 사상과 경험과 상징과 환상과 이상향의 거대한 보물과 점차 친숙하도록 만들어 준다. 이 길은 끝이 없으며 아무도 그 길을 끝까지 가 본 사람이 없었다. 그러므로 많이 읽고 많이 알아서 그 끝에 도달해 보려고 해서는 안 된다. 우리는 대가들의 선집을 마음대로 선택해 읽음으로써 인간들이 사고했고 추구했던 것의 넓이와 풍성함을 그저 예감할 수 있을 뿐이다. 사랑이 없는 독서, 경외감 없는 지식, 따스한 마음이 없는 교육, 이런 것이야말로 정신세계에 있어서는 최악의 죄다.

헤세는 가이엔호펜이나 포로 복지회에서 전에 하던 식으로 1차 대전 후에도 15년 동안 계속 중요하다고 생각하는 문학 작품을 재발행하는 일에 열중했다. 그가 돌보고 격려하고 서문 또는 후기를 쓴 수많은 책들의 제목을 여기다 열거하는 것만도 너무 많아서 불가능할 정도다. 그러나 베른의 젤트빌라 출판사에서 나온 '명작' 시리즈와 피셔 출판사에서 나온 '명작과 작가' 시리즈에 대해서는 언급해야 한다.

여기에는 횔덜린, 노발리스, 브렌타노 형제, 슈바르트의 일생에 대한 자료와 동양, 일본, 이탈리아, 옛 프랑스의 소설과 전설이 실려 있다. 헤세는 장 파울*에 대해서 언제나 남다른 사랑을 갖고 있었다. 장 파울의 《거인(Titan)》의 다이제스트판이 1913년에 이미 나왔고, 단편과 대표작의 선집인 《지벤케스(Siebenkäs)》가 그다음 해에 나왔다.

> 장 파울을 통해서 비밀스러운 독일은, 아직도 살아 있긴 하나 수십 년 전부터 달라지고 시끄러워지고 바빠지고 영혼이 없어진 독일은, 가장 특징 있고 복합적인 세계를 가진 인물, 작품을 통해서 시의 진짜 원시림을 볼 수 있는 시대를 초월한 위대한 작가를 본다.

또한 유스티누스 케르너와 살로몬 게스너에 의해 출판된 카이사리우스 폰 하이스터바흐의 《디알로구스 미라쿨로룸》을 헤세 자신이 번역한 《게스타 로마노룸(Gesta

* 본명은 Johann Paul Friedrich Richter(1763~1825). 독일의 낭만주의 작가.

Romanorum)》, 즉 《중세의 역사(Geschichte des Mittelalters)》와 1932년 괴테 사망 100주년을 맞아 낸 30개의 괴테 시 선집도 언급할 만한 업적이었다. 그의 이복형제인 카를 이젠베르크의 아들인 카를로와 함께 쓴 '1800년부터 1850년의 시대를 낭만주의로 완성시킨 가장 중요하고도 아름다운 영혼의 기록'은 결국 출판되지 못했다. 이 작품은 세 권으로 이루어졌는데 '낭만주의 정신'이라는 제목을 붙일 예정이었다. 지금은 없어진 이 원고는 출판 결정을 못 내린 채 몇 년 동안 피셔 출판사에 보관되고 있었는데 아마도 제2차 세계대전 중에 불타 버린 것 같다. 1931년 5월에 헤세는 그 원고를 다른 출판사에다 보내면서 이렇게 썼다.

> 몇몇 학자를 제외하고는 가장 낭만주의를 사랑하며 잘 알고 있는 사람 중 한 사람인 저는 열여덟 살 때부터 낭만주의의 비밀에 몰두했으며 인도나 중국의 문학과 더불어 그것에서 사상과 창작에 가장 큰 영향을 받았다고 해도 과언이 아닙니다. 이 선집은 수년에 걸쳐 우리 두 사람이 가다듬은 것으로, 아직까지 안 알려진 재료도 꽤 많으며 독일 낭만주의의 정신을 모든 면에서 세밀한 부분까지 망라하고 있습니다. 이 작품 '낭만주의'는 내가 젊었을 때부터 원하고 준비했던 가장 방대하고 중요

한 작품입니다.

헤세의 이와 같은 작업은 후고 폰 호프만슈탈*과 일맥 상통한다. 호프만슈탈의 문학 선집은 그에게 촉진제가 되었으며 규범이 되었다. 헤세는 호프만슈탈의 《독일의 산문》과 《독일어 독본》에 대해서 존경과 경탄에 가득 찬 서평을 썼고 호프만슈탈은 1924년 9월 15일에 헤세에게 이렇게 썼다.

> 오늘날 몇 안 되는 신중하고 양심적인 작가의 한 사람인 당신이 저의 책에 대해서 그렇게 노고를 아끼지 않았다는 일은 말할 수 없이 기쁜 일입니다. 당신이 이 책에 관해 말했다는 것만으로도 제게는 귀중하며, 특히 언어상의 아름다운 표현을 통해 개인의 가치를 국가로 하여금 느끼게 해 보려는 저의 의도를 파악했다는 사실은 특별한 사건입니다. 우리는 균열된 이 나라를 어떤 강령에 의해서가 아니라 정신적인 중심점을 모색함으로

* Hugo von Hofmannsthal(1874~1929) : 오스트리아 작가.

써 내적으로 통일시키려는 노력을 그쳐서는 안 됩니다.

토마스 만도 헤세의 출판 작업에 대해서 이렇게 찬사를 아끼지 않았다.

> 이 일은 봉사며 헌신으로, 책을 선택하고 교정하고 재판을 내고 훌륭한 안내문을 쓰는 일은 많은 학자들의 일생을 잡아먹을 만큼 방대한 것이다. 여기에는 넘쳐흐르는 사랑과—많은 노동력과—자신의 개인적인 작품뿐만 아니라 동시대인들의 작품 속에서 자아와 세계의 문제를 다각적으로, 책임감 있게 규명해 보려는 우애도 있어야만 한다.

문학 전집의 편집은 엄격한 학문적인 의미에서 이루어진 것은 아니었지만, 헤세의 비평 활동과 긴밀한 관계를 맺고 있다. 1920년부터 1936년 사이에 헤세가 만들어 놓은 두꺼운 카드 목록에 등장하는 책들만 보아도 헤세가 당시 20여 군데의 신문이나 잡지에 비평을 했던 책이 천 권쯤 된다는 사실을 알 수 있다. 서평이나 비평의 대부분은 《노이에 룬트샤우》, 《프로피레엔》, 《슈바벤 슈피겔》, 《노이에 취리히 차이퉁》, 《베를리너 타게블라트》 등에 발표되었다.

헤세는 책과 독자들 간의 이러한 중개 역을 통해서 "어떤 의미에서 보면 우리 시대의 체험이며 결실인 모범적이고 뛰어난 이 작품들은 내일 혹은 모레까지도 읽힐 만한 충분한 가치가 있는 것이라고 확신하고 있었다"라고 썼다.

그는 융에게 이렇게 쓴 적이 있다.

> 나는 분석가도 비평가도 아닙니다. 당신께 보내 드린 제 서평을 봐도 아시겠지만 나는 거의 비판적인 말은 하지 않습니다. 그리고 악평도 하지 않고요. 마음에 들지 않는 책이 있을 때는 거기에 대해 아무 언급도 없이 지나가는 것이 제 비평 방법입니다.

독일에서 나치가 권력을 잡고 있는 동안 헤세는 아무도 논평하고자 하지 않는 유대인이나 가톨릭 교인들의 작품, 나치 정부에 맞서 활동하는 작가들의 작품을 찾아냈다. 나중에는 《노이에 룬트샤우》만이 그의 글을 실었을 뿐이다. 그에 대한 개인적인 공격이 차츰 늘어났고 유대와 스위스의 작품들을 추천하자 독일에서 강한 반발이 일어났다. 반면 스위스에 있는 독일의 망명 언론으로부터는 독일에서 인쇄되어 나오는 작품을 그가 추천한다고 해서 비난받았다. 그래서 1930년대 중반부터는 공개 서평을 중단할 수밖에 없었다.

가장 뛰어나고도 흥미로운 서평은 스웨덴의 대표적인 비평지인《보니어스 리테레라 마가진》에 1935년에서 1936년에 걸쳐 쓴 6편의 연속물인 '현대 독일 작품'에 대한 논문이었다. 이 글은 스웨덴어로 쓰였기 때문에 독일에서는 별로 알려지지 않았다. 논문의 첫머리에서 헤세는 "투쟁과 강령의 시대인 오늘날에 있어서도 관심과 사랑을 모을 수 있는 독일 작품이 있음을 나는 믿으며 또 바라고 있습니다"라고 말하고 있다.

작품 평가에 있어서는 작가가 독일에서 인정을 받고 있든 금지되고 있든 그런 것은 문제시하지 않았다. 그것은 헤세의 관점으로만 이루어진 것으로 이 서평은 당시에 쓰인 다른 글보다도 객관적인 관점에서 쓰인 것이다. 하지만 물론 헤세의 정신적 · 정치적 견해가 조금도 섞여 들어가 있지 않다고는 말할 수 없다. 그는 "독일 문학에서 가장 예리한 산문가며 뛰어난 인물"로 무질을 꼽고 있으며 카프카에 대해서도 특히 높게 평가했다. 오래전부터 헤세는 카프카를 높이 평가하며 그의 작품에 몰두하고 있었고, 막스 브로트에게 카프카가 자기 작품을 좋아하고 있다는 것을 듣고 기뻐했다. 세월이 헤세의 비평을 입증해 주었다.

그가 비평에서 높이 평가했던 수많은 작품들은 곧 가치를 인정받았다. 그러나 독일에서만은 1945년 패전 이후에야 많은 독자들에게 알려졌다.

헤세는 2차 대전 이후에는 전처럼 많은 양의 비평 활동을 하지 않았다. 그러나 그는 계속 현대 문학의 비판적인 독자였으며, 논문이나 친구에게 보낸 편지를 보면 그가 '독서 체험'을 확장해 뛰어난 가치를 가진 작품을 찾아내는 데 몰두했다는 것을 알 수 있다. 아나 제거스, 모니크 세인트 헬리어, 오스카어 뢰르케의 서정적인 작품과 페터 주어캄프의 산문, 리하르트 빌헬름이나 빌헬름 군데르트의 《벽암록》의 번역서 등이 그것이다.

당대 문학에 대한 헤세의 지식은 개인적인 유대보다는 독서를 통해서 얻어진 것이었다. 그는 목적을 갖고 문학 모임에 참석한 적이 없으며, 흔히 하던 서신 교환도 어떤 목적을 위한 것은 아니었다. 인생의 후반기에는 별로 여행한 적도 없으며, 잡지 편집에서도 손을 뗐고, 펜클럽이나 다른 문학 서클로부터도 멀리 떨어져 있었다. 1926년에 가입한 프로이센 작가 단체에서도 1930년 11월 10일에 탈퇴했다. 그럼에도 불구하고 헤세는 당시 수많은 작가들을 만났으며 몬타뇰라로 찾아오는 사람들도 적은 숫자는 아니었다. 나치 집권기에 산언덕에 지은 빨간색 헤세 저

택은 많은 망명자들에게 회복과 안도와 도움을 주는 대피소가 되었다.

1933년 초, 헤세는 "잠자리는 마련되었다. 내일 독일에서 올 첫 번째 손님을 기다리고 있다"라고 쓰고 있다. 그 며칠 뒤에는, "손님방에는 며칠 전부터 독일에서 온 최초의 망명객이 머물고 있다. 그는 나와 몇 년 전부터 친구처럼 지내고 있는 사회 문제에 관심이 많은 작가다"라고 적혀 있다. 그는 하인리히 비간트였는데 얼마 뒤 이탈리아에서 사망했다. 많은 사람들이 계속 그를 찾아왔다. 헤세를 방문한 막스 헤르만 나이세는 이렇게 쓰고 있다. "시대의 혼돈과 붕괴의 저 건너편에 순수한 정신적인 분위기 속에서 시인과 마주 앉아 인간적인 일에 관해 이야기를 주고받는다는 것은 감동적이고 즐거운 일이었다."

토마스 만도 그를 방문했다. 헤세는 그를 1차 대전 전에 뮌헨의 어느 호텔에서 출판업자 사무엘 피셔의 초대 모임에서 만난 적이 있으며《뉘른베르크 여행》이란 작품 속에서 이야기하고 있듯이 그 후 뮌헨에서 다시 만났고 또 장크트모리츠 근처 샨타렐라에서 겨울철 스키 여행 중에 만난 적이 있었다. 1933년 3월에 만이 몬타뇰라로 그를 방문했다. 토마스 만은 이렇게 썼다.

14년 전 고향과 집을 잃은 충격 속에서 나는 티치노에 있는 아름다운 그의 집과 정원에서 지내며 개인적으로 가까워졌다. 나는 당시 그를 얼마나 부러워했는지 모른다. 그가 자유 속에서 숨어 지내고 있다는 이유에서가 아니라 정신적인 자유에서도 나를 훨씬 앞서가고 있으며 독일의 정치에 대해 철학적으로 거리감을 갖고 있다는 점에서였다. 혼란스러운 시대에 헤세와 대화하는 것보다 더 즐겁고 위안이 되는 일은 없는 것 같았다.

유리알 유희의 명수인 토마스 폰 데어 트라베의 모습을 통해서 헤세는 토마스 만의 모습을 작품 속에 담고 있으며 1950년 6월, 만의 75세 생일을 맞이하여 이렇게 쓰고 있다.

우리의 만남은 깊은 우정과 동료애로 발전하여 나의 만년의 가장 즐겁고 행복한 일 중의 하나가 됐지만 유쾌한 뮌헨 시절 이후 상상할 수도 없는 많은 일이 일어났습니다. 두 사람의 앞에는 우리의 국적이 갖는 허식적인 안정에서 벗어나 고독과 배척을 지나 신선하고 조금은 차가운 듯한 세계 시민성의 공기로 나오는 어렵고도 캄캄한 길이 놓여 있을 뿐이었습니다. 세계 시민의 모습을 당신은 나와는 다른 것으로 생각하고 있었지만,

당시 도덕적 또는 정치적인 순수성에 관해서는 상당한 공통점이 있었기 때문에 우리 둘은 단단히 묶여 있었습니다.

1934년 가을에는 마르틴 부버가 그를 방문했다. 그는 이미 10년 전에 몬타놀라로 찾아온 적이 있었는데 헤세는 그의 작품을 높이 평가하고 있었다.

그는 유대인이었고 위대한 교사였으며 유대인 엘리트 중의 지도자였습니다. 성서의 번역자로서, 유대 사상의 재발견자 또는 해석자로서, 학자로서, 위대한 작가로서 그리고 현자(賢者), 스승, 윤리와 인간성의 대표자로서, 오늘날 문화의 지도자로서 그는 가장 고귀한 인물로 알려져 있습니다.

헤세는 스톡홀름의 스웨덴 아카데미에 위와 같이 설명하고 있으며 1949년에는 부버를 노벨상에 추천했다. 1933년 9월에 쓴 어느 편지에는 다음과 같이 쓰기도 했다. "마르틴 부버 같은 인물이 주위에 있다는 것만으로 위로가 되고 축복이 됩니다." 헤세의 80세 생일 축하 연설에서 부버는 이렇게 말했다. "당신은 동방의 여행자, 유리알 유희의 명수로서만 오늘의 축하 인사를 받는 것이 아닙니다. 당신은 정신세계의 지도자로서 온 세계로부터 인사와 사랑을 받고 있습니다. 정신문화를 숭상하는 곳이면 어디에서나 당신은 사랑받을 것입니다."

같은 해에 부버와 비견될 만한 대단한 인물로 전혀 다른 성격의 인물이 몬타뇰라에 나타났는데 그는 슈바벤의 신학자, 철학자, 키르케고르 번역자, 작가이며 웅변가인 크리스토프 슈렘프였다. 그는 교회에서 이탈해서 위대한 사상가, 고독자로서의 생활을 하고 있었다.

> 1935년에 우리는 처음이자 마지막으로 한 번 만났다. 그는 친구들과 함께 며칠 동안 우리 마을에서 지내면서 매일 몇 시간씩을 나와 보냈다. 그는 자그마하고 건강하고 원기 왕성한 노인이었는데 몇 시간에 걸친 토론이나 산보에도 조금도 지칠 줄 몰랐다. 우리는 친구가 되었다. 그리고 이 슈바벤 태생 소크라테스의 모습은 평생 잊히지 않고 남아 있었다.

독일의 정치 체제가 어떻게 되어 나갈지에 대해서 헤세는 이미 오래전부터 추측하고 있었다. 작품이나 편지에서 그런 예를 얼마든지 찾아볼 수 있다. 1932년에 쓴 글에는 이런 구절이 있다. "전쟁의 죄를 회피하고, 독일의 현 상태에 대한 책임을 '적'이나 베르사유 조약에 미루는 것을 보면 독일에는 장래에 또 전쟁을 일으킬 수 있는 정치적인 우매함, 허위, 치졸의 분위기가 남아 있다는 생각을 하게 한다." 헤세는 외적으로는 '힘의 과시'의 피해를 받지 않았다. "독일 작가에 관해 떠드는 히틀러 대원들의 외침 속에서 나는 대가로 칭송받지도 않았고, 그들이 경계하는 아스팔트 작가로 낙인찍히지도 않았다." 그는 양쪽 대열 사이에 끼어 양쪽 모두에게 설득당하고 있었다. 확고하게 어느 파에 속하지 않은 채 서로 반대되는 두 편 어느 곳에도 끼지 않았다는 이유로 헤세는 곡해되기도 했다. 헤세는 '새로운 독일'을 부르짖는 독재 정권에 대해 공개적으로 맞서지 않았다.

> 나는 1914년에서 1918년에 이르는 전쟁을 너무나도 뼈저리게, 자신을 파멸시킬 정도로 무섭게 체험했기 때문에 힘에 의한 세계의 개혁에 찬동할 수가 없었고, 사회주의적인 것이든 겉으로 보기에 그럴듯하고 정당한 것으로 보이는 어떤 방법이든 지지할 수 없었다. 살인은 옳지 못한 짓이다. 그리고 만약 그 안에 옳은 점이 있다고 하더라도 나는 사람을 죽임으로써 사태를 개선하고

악을 속죄케 할 수 있다고 생각하지는 않는다. 내란이 벌어질 정도로 투쟁이 격화되면 결정의 힘, 즉 '이것이냐 저것이냐'를 택해야 되는 도덕적인 위기를 맞이하게 된다는 것을 알고 있지만 그러나 나는 폭력에 대해서는 절대 찬성할 수 없다.

스스로 파시스트가 되기보다는
차라리 파시스트에게 살해당하는 게 낫다.
스스로 공산주의자가 되기보다는
공산주의자한테 살해당하는 게 더 낫다.

1933년 어느 잠 안 오는 밤에 쓰인 미완성의 시는 그렇게 시작되고 있다. 그해 1933년에 헤세는 시 〈명상〉 속에 자신의 신념을 토로하고 있는데 이 시는 슈타이너에게 말한 것처럼 당시의 정치적인 광기에 대한 일종의 경고로서 쓰인 것이다.

그러므로 방황하는 형제들이여
불화 가운데서도 서로 사랑하자.
판결이나 증오가 아니라
끝없는 사랑이,

사랑의 그 인내가 우리를

성스러운 목표로 이끌어 가는 고로.

헤세는 조금도 양보하지 않았고 '세계 문학 전집'을 다시 내면서 '시대성에 맞는' 수정을 하자는 요구를 거절했다.

> 나는 시대적인 자각을 좇고 있다는 이유로 어떤 작품이나 작가를 낮게 취급하지는 않는다. 또한 내 에세이 속의 어떤 사실이 단지 현 국면과 너무 긴밀한 관계를 갖고 있다고 해서 삭제하지도 않았다.

그는 독일의 상태에 전율하면서 "깊은 구토감"을 갖고 바라보고 있었다. 온갖 감시에도 불구하고 도와주려는 노력은 국경선에서 이루어지고 있었다. 피난민들의 상태는 점점 더 비참해졌다. 그는 막스 헤르만 나이세에게 보낸 편지에서 "올해는 자신의 일을 한다는 게 거의 불가능하다. 아마도 우리 시대의 공포를 실제로 체험하는 일이-그리고 의식을 갖는 일-모든 창작 활동보다 더 필요한 일인지도 모른다"라고 말하고 있다. 헤세의 작품은 제3제국 독일 땅에서 금지되거나 소각당하지 않았다. 1933년에서 1945년에 이르는 동안 21권의 책이 합계 48만 1000부나 인쇄되어 팔렸는데 그중 25만 권은 1943년 레크람 문고로 나온 단편집 《옛 태양옥(In der alten Sonne)》이고 7만 권은 인젤 사에서 나온 시 선집 《생의 나무(Baum des Lebens)》였다. 같은 시기에 스위스에서는 10개의 제목으로 3만 5000권의 헤세 책이 나왔다. 많은 독자가 그를 신뢰하고 있다는 것은 중요한 사실이었다.

그러나 독일 당국은 헤세를 의심하고 있었다. 1945년 직후에 출간된 문학 사전은 그를 "독일 민족 발전의 가혹한 현실에 대해서는 아무 관심도 없는 외롭고 미적이며 이기적인 작가"라고 비난했다.

그의 60세 생일에 대한 기사에서는 "영혼의 고독감 때문에 발전하는 독일 사회의 거대한 힘으로부터 분리되어 있다"라고 썼다.

빌 베스퍼가 발행하는 《노이에 리테라투르》에서도 헤세는 전에 《보니어스 리테레라 마가진》에 쓴 비평 때문에 심하게 공격당했다. 그가 토마스 만, 카프카, 폴가, 에른스트 블로흐, 게르투르트 폰 르포르, 슈테판 츠바이크 등을 높이 평가하면서, "독일에서 요즘의 '순수 문학'은 일시적인 현 국면에만 집착하고 있기 때문에 심각하게 받아들일 만한 작품이 못 된다"라고 썼기 때문이다.

"우리의 견해"라는 제목의 기사는 "헤세가 요즘의 독일 문학을 독일의 적이나 유대인들에게 팔고 있으며, 유대인들의 식탁에 앉아 그들의 빵을 먹으면서 얼마나 타락했는지를 우리는 알 수 있다. 독일의 작가 헤르만 헤세는 과거의 유대식 비평을 통해 민족을 배반하는 역할을 하고 있다. 유대인이나 볼셰비키 문화에 대한 사랑에 빠져 그는 외국에서 조국에 해가 되는 거짓된 일을 하고 있다"라고 쓰고 있다. 몇 호 뒤에는 또다시 "헤세야말로 유대인이 독일의 민족정신을 말살시킬 수 있다는 좋은 본보기가 된다"라고 썼고, "헤세는 곤궁에 처한 우리 민족을 버리고 그가 살고 있는 스위스 국적 뒤에 숨었다"라는 내용이 실리기도 했다.

《노이에 리테라투르》를 위시한 많은 언론이 그를 비난했지만 그와는 정반대인 목소리가 독일에서도 있었다. 《노이에 룬트샤우》 등이 그것이다. 이 잡지는 헤세의 60세 생일을 축하하면서 그의 《인도의 이력서(Indischer Lebenslauf)》를 처음으로 출판했을 뿐만 아니라 루돌프 바흐의 "방랑과 인내"라는 아름다운 논문도 실었고 헤세의 '동행자'로 잘 알려진 루돌프 알렉산더 슈뢰더가 쓴 편지를 인용하면서 헤세에게 "가장 뛰어난 독일 정신의 후계자"라는 칭송을 아끼지 않았다. "당신이 계시다는 것, 내가 당신을 생각할 수 있다는 것이 얼마나 고마운지 모르겠습니다."

쉰 살에서 예순 살에 이르는 동안 헤세는 많은 단편, 수필, 잡문을 모아 여러 권의 책을 냈다. 그중에는 1차 대전 이전에 전집 속에 발표되었던 것도 있었지만 대부분 신문이나 잡지에 흩어져 있던 것들이었다. 이 책은 그동안 써온 것을 조심스럽게 돌이켜 볼 수 있는 계기가 되었으며 이를 통해 그의 삶과 창작의 다양성 또는 조화를 보여 주고 있다. 방랑과 여행의 기록이나 묘사는 '보덴호', '이탈리아', '인도' 또는 '티치노'라는 제목 아래 모아져서 1926년 '그림책'이라는 책으로 나왔다. 그 후 2년 뒤에는 후고 발에게 헌정된 《관찰》이 나왔는데 거기에는 전쟁 중 또는 전후에 쓴 중요한 글이 담겨 있다. 니논 헤세가 제안한 제목을 따른 《내면으로의 길(Weg nach Innen)》은 1931년에 나왔는데 그 속에는 세 편의 클링조어 단편과 〈싯다르타〉가 실려 있다. 그리고 〈우회로〉, 〈이웃 사람〉, 〈인도에서〉라는 세 작품은 '작은 세계(Kleine Welt)'라는 제목으로 함께 묶여서 나왔는데 헤세의 세 아들인 브루노, 하이너, 마르틴에게 헌정되었다. 1904년에서 1927년에 이르는 동안에 쓴 《우화집(Fabulierbuch)》은 전설과 동화, 재미있고 경쾌한 얘기를 모은 내용으로 유럽의 단편 문학 전통에 한 자리를 차지할 만한 작품집이다.

《회고록(Gedenkblätter)》은 형제들에게 헌정되었는데 회상, 추억 등을 모은 책으로 1937년에 처음 나온 뒤 두 번이나 증보판이 나왔다. 거기에서 그는 부친과 동생 한스, 형제들 중에서 그와 가장 가깝게 지냈던 누이 아델레와 친구 프란츠 샬, 오트마르 쇠크, 에른스트 모르겐탈러와 후고 발, 어린 시절부터의 친구인 크리스티안 바그너, 라베, 슈렘프 등에 관해 이야기하고 있다. 몹시 개인적인 회상을 통해서 그는 각자의 생의 비밀을 밝혀내고 인간적인, 정신적인 관계를 밝혀낸다.

그렇기 때문에 이 《회고록》은 감사와 사랑과 정신적 유대의 증거인 동시에 뛰어난 창작으로서 높은 시적 기록으로도 간주되기도 한다.

그의 이러한 문학 활동에는 또 다른 의미가 그 뿌리에 있다. 헤세는 "회상하는 일"을 시인의 의무라고 생각했던 것이다. 그는 "회상에 대한 열정적인 힘"에 관해 얘기하면서 과거를 "묘사하고 포착하고 확충하는 일"이야말로 예술가의 과제라고 말한 적이 있다. 말이나 형상으로 보존되지 않는 것은 결국은 붕괴되어 버리고 마는 것이다.

> 마음은 과거에 애태우면서 아무런 저항도 없이 그것을 감수한다. 그러나 정신은 완전무장을 하고서 그것을 극복하려고 애쓰고 있다.

《동방 여행》과 《유리알 유희》

헤세의 창작 활동은 《유리알 유희》를 통해서 최고봉에 올라섰다. 이 작품은 그의 일생을 종합한 것으로 수많은 모색의 길을 지난, 오랜 기다림을 통해 이루어진 작품이다. 《유리알 유희》는 '동방의 여행자들'에게 헌정되었다. 그러므로 우리는 이 대작이 헤세가 1930년 여름에 시작해서 1931년 4월에 완성한 독특한 매력을 가진 작품 《동방 여행》과 깊은 관련을 맺고 있음을 알 수 있다. 대작과 연결 지어 볼 때 《동방 여행》은 본질적인 주제가 숨겨져 있는 일종의 서곡 같은 작품이다. 거기에는 봉사의 개념, 정신의 나라의 초인간적인 성직자층, 나중에 《유리알 유희》에서 모든 민족과 나라의 정신문명을 종합한 동맹국의 모습 등이 나타나고 있다. "불가능에 도전하기 위해서는 패러독스를 다시 써 보는 수밖에 없다."

동방 여행자들의 이야기에는 시간과 공간의 경계선, 삶과 허구, 환상과 현실을 갈라놓는 벽이 무너지고 없다. 사건은 영혼 체험의 내부 속에서 일어나고 있다. 위대한 정신을 가진 과거의 사람들과 현대의 사람들을 이상하게 한

데 묶어 놓은 동방 여행자 무리는 비밀스러운 순례, 방랑의 길을 떠나지만 그들은 동방을 지리적인 목표로 삼고 있는 것은 아니며, 여행의 참가자들을 한 가지 정신적인 공동 의식으로 묶고 있을 뿐이다.

> 우리의 동방은… 영혼의 고향이며 젊음이다. 그것은 곳곳에 있고 또한 아무 곳에도 없으며 모든 시간을 하나로 결속시킨다.

그리하여 여행은 역사와 미래를 지나고 공간과 시간을 지나서 계속된다.

> 우리는 동방으로 간다. 우리는 중세로, 황금시대로 간다. 우리는 이탈리아를 지나 스위스를 지나서 간다. 우리는 10세기에서 밤을 지내기도 하고 주교들과 함께 살기도 하며 요정과 지내기도 한다. 유럽의 반과 중세의 일부를 건너서 우리는 간다.

음악가인 H. H.도 동방 여행단의 일원이다. 그의 동방 여행은 자신의 인생 항로와 비교되고 있다. 그는 과거로 되돌아간다, 어린 시절의 그 순수함 속으로. 인간 완성의 단계를 거쳐 오면서 그는 혼돈, 절망, 불안 속에 빠지기도 한다. 속한 단체에 대한 신념이 점점 흐려지면서 그는 길을 잃는다. 도중에 길을 잃은 채 방황하고 자신의 불행에 대해 남을 원망하면서 그는 낯설고 황량한 현실 속을 이리저리 헤맨다. 하지만 마음속 깊숙한 곳의 어떤 확신, "자신의 행동의 의미와 필연성에 대한 확신"이 그를 앞으로 끌고 나간다. 그는 결국 놀라움과 행복 속에서 자기가 생각했던 것처럼 자기가 속했던 단체가 와해되었거나 위기에 처했던 것이 아니라 나약함과 절망을 이겨 내지 못하고 낙오자가 된 것은 바로 자신의 잘못 때문이었음을 알게 된다. 그가 피고인으로서, 자수자로서 등단한 법정은 그의 파멸과 방황을 일종의 시험으로 인정하면서 그를 석방한다.

> 우리의 형제 H는 시험을 통해 절망에 빠지고 말았다. 절망이란 인생을 파악하고 포착하려는 모든 진실한 시도의 결과일 뿐이다. 절망이란 삶을 덕과 정의와 이성으로 가득 채우고 그러한 요구를 충족하려는 모든 진실한 시도의 결과이다. 절망의 이쪽 편에 아이들이 살고 있고, 건너편에는 각성자들이 있다.

황야의 이리였던 하리 할러와는 달리 그는 일종의 시험

으로 앞에 놓인 자기 관조를 지나 인간 존재의 새로운 단계에 도달한다.

《동방 여행》은 상징과 알레고리로 가득 찬 작품으로 주변에서 볼 수 있던 많은 사건과 인간이 재미있고 아이러니하게 요리되어 있다. 그는 스위스의 친구들에게서 많은 도움을 받았다. 노아의 방주는 취리히에 있는 한스 C. 보드머의 집이, 게오르크 라인하르트에 대해선 빈터투어산(産)의 적포도주가, 샤의 왕궁은 취리히에 있는 로이트홀트의 집이, 브렘가르텐의 굉장한 파티는 헤세가 랑 박사, 모제, 무아예, 쇠크와 함께 자주 참석했던 여러 파티들이 그 무대가 되었다. 그러나 작품을 이해하는 데 이런 식으로 변형을 캐내는 것은 본질적으로 중요한 것이 아니다. 헤세는 알리스 로이트홀트에게 보낸 편지에서 이렇게 말하고 있다. "독자들은 상징 자체에 대해서 캐내 볼 필요가 없습니다. 상징은 '설명되어야' 할 어떤 의미로 이해되어서는 안 됩니다. 각각의 형상은 스스로 현실의 이미지를 드러내면서 알지 못하는 사이에 효과를 나타내야만 합니다."

친구인 한스 C. 보드머와 부인 엘지에게 헌정된 《동방 여행》이 최초로 발표된 것은 1931년 마르틴 보드머와 헤르베르트 슈타이너가 편집하는 잡지 《코로나》였다. 헤세는 문학성이 뛰어난 이 잡지와 《노이에 룬트샤우》에 그 후

몇 년 동안 《유리알 유희》의 일부를 계속 발표했다. 《유리알 유희》는 1931년에서 1942년에 이르는 10년 동안 그의 창작의 중심이었다. 1935년에 쓴 편지에서 그는 이 작품을 자기 삶과 창작의 궁극적 목표라고 부르고 있다.

1934년 가을에 헤세는 어느 편지에 이렇게 썼다.

〈비를 부르는 자〉가 봄에 《노이에 룬트샤우》에 발표되었고 12월에 다시 그 잡지에 다른 한 장(章)이 발표되었다. 처음에는 이 두 장(章)만이 쓰였었다. 이번에는 일이 어찌나 천천히 진행되는지 6개월 또는 1년씩이나 중단되곤 했다. 마음을 사로잡고 있는 계획에 도달하기 위해서 《동방 여행》을 쓴 후 나는 공부를 많이 했다. 그래서 18세기의 문학을 읽었고 그중 슈바벤의 경건주의자 외팅거를 특히 좋아했다. 그리고 조카–카를로 이젠베르크, 작품 속에서는 페로몬테로 나타남–의 도움으로 고전 음악도 공부했다. 그는 오르가니스트였고 음악을 잘 알고 있었으며 옛 음악의 수집가였다. 나는 그와 함께 몇 주를 이곳에서 함께 지냈는데 전에는 소리도 내보지 않던 세 낸 피아노를 집 안에 들여다 놓고 지냈다.

창작의 오랜 발전과 성숙을 통해서 6운각으로 쓰인 아름다운 목가 《뜰 안의 시간(Stunden im Garten)》이 발표되었다. 1936년에 나온 이 작품은 헤세의 친구며 많은 그의 작품을 도안한 도안가, 화가인 군터 뵈머에 의해 아름답게 디자인되어 나왔는데 유려한 6운각으로 뜰에서의 나날을 노래하고 있다. 그러나 헤세는 꽃에 물을 주고 잡초를 뽑는 정원사만은 아니었다. 그가 제일 좋아하는 것은 들에다 불을 지르고 타오르는 불꽃 앞에서 꿈꾸고 생각에 잠기는 일이었다. 그래서 부인은 그를 화부(火夫)라고 불렀다. 그는 불을 '복합에서 단일로의 귀환', 순화, 정화의 상징으로 보고 있었다.

요즈음엔 누구도 가만히 앉아
들에 불을 놓을 시간이 없다. 그 대가도 별로 없고.
하지만 나는 시인이고 많은 괴로움과
희생에 대해 대가를 받고 있다. 주는 나로 하여금
오늘의 나날 속에 살게 하실 뿐 아니라
나를 위해 시간을 멈추게 하고
시간 밖의 공간 속에서 숨 쉬게 한다.
그건 정말 굉장한 일이다. 황홀경, 아니 신의 광기다.
오늘은 그렇지 못하다. 시간이란 귀중한 것인 까닭에.

시간을 무시하는 건 죄악이다. 전문가들은 내가
지금 말하는 상태를 '내향성'이라고 부르면서
삶의 의무로부터 도피해서 꿈의
자위 속에 빠져들어 장난이나 하는, 성인들에게는
심각하게 생각되지도 않는 나약한 자들의 행동이라고
말한다.

불이 다 타면 재는 흙과 섞여서 체로 걸러진다.

…체를 흔들면서 나도 모르는 사이에 나는
일정한 박자 속에 빠져든다.
그 박자 속에는 끈질긴 기억,
곡명도 작곡자도 모르는 어떤 음악이 떠오른다.
그러다가 갑자기 생각이 난다. 모차르트.
그의 오보에 사중주! 나는 다시 몇 년 전부터
즐기는 유리알 유희라고 불리는
명상의 유희 속에 빠져들어 간다. 그것은
굉장한 발견이다. 그 유희의 뼈대는 음악이며
그 기초는 명상이다. 유희의 명수는 요제프 크네히트.
이 멋진 놀이를 내가 알게 된 것도 그의 덕이다.
기쁨의 시간에 그것은 내 유희이며 행복이고

슬픔과 고통의 시간에는 위로며 회복이 된다.
여기 불 곁에, 체 옆에 선 채 나는
크네히트처럼 그렇게 오랫동안은 아니지만
자주 유리알 유희를 한다.
…
곳간 앞에는 커다란 해바라기가 날 쳐다보고 있고
포도 가지 뒤로는 멀리서 대낮의 푸르름이 숨 쉬는데
나는 음악을 들으면서 과거와 미래의 인간을 보고
현자와, 시인과, 탐구자와
예술가를 한꺼번에 보면서
문이 백 개나 달린 영혼의 돔을 짓는다.
언제든 나는 그것을 표현해 보겠다. 아직 그날은 오지
않았지만.

《유리알 유희》는 전쟁 중인 1942년 4월 29일에 완성됐다. 그 원고는 일곱 달 동안이나 베를린에 있었지만 출판업자며 친구인 페터 주어캄프의 온갖 노력에도 불구하고 독일에서 출판되지 못했다. 그 책은 결국 스위스에서 나왔다. 몇 권만이 국경선을 넘어 손에서 손으로 소중하게 옮겨 다니면서 읽혔을 뿐이었다. 1955년, 루돌프 판비츠에게 보낸 편지에서 헤세는 이 작품의 성립에 대해서 이렇게 회상하고 있다.

내게 불길처럼 떠오른 생각은 윤회 사상을 통해 흐름 속에서도 확고부동한 어떤 것이 있음을, 전통이나 정신생활 속에서도 연연히 흐르는 일관성이 있음을 표현해 보려는 것이었다. 그러던 어느 날, 이 작품을 쓰기 몇 년 전의 일인데 나는 극히 개인적이지만 초시간적인 인생의 역사에 대해 생각하게 되었다. 나는 수많은 재탄생 속에서 인류 역사의 위대한 시대를 경험하는 인간을 생각했다.

이런 계획과 현실적인 착수의 사이에는,

심각한 생의 위기 뒤에 온 평화도 있었고, 전쟁으로 지친 독일과 유럽이 생의 기쁨을 다시 찾은 몇 년간의 소생기도 지나갔다. 그러나 히틀러나 그 내각의 연설, 신문이나 팸플릿에는 일종의 독가스가 숨어 있었으며 천박하고 거짓되고 무자비하게 날뛰는 거친 파도가 밀려왔는데 숨을 쉴 수 없을 정도였다. 이런 독가스와 언어모독과 진실의 퇴위는 다시 나를 전쟁 중처럼 깊은 심연으로 굴러떨어지게 만들었다. 공기는 온통 독에 찼고 삶이란 또다시 불안한 것이 되었다. 이번에야말로 나의 내부에 있는 모든 구원의 힘을 다 끌어내고 신념으로 가지고 있는 모든 것을 실험해 보고 확고하게 만들어야만 했다. 작가로서의 육체적 · 정신적 존재에 위협과 위험을 당하면서 나는 모든 예술가들의 구제 수단, 즉 창작에 몰두했다. 그러고는 예전의 계획에 착수해서 현실의 압력으로부터 강하게 변화했다. 내게는 두 가지가 중요했다. 하나는 숨을 쉬면서 세계의 모든 독에서 벗어나 살 수 있는 도피처나 성이 될 수 있는 정신적인 공간을 세우는 일이었고, 둘째로는 야만적인 힘에 대항하는 정신의 힘을 보여 주어 독일에 있는 친구들이 대항하고 버티는 데 힘을 주는 일이었다.

내게 도피처가 되고, 나를 강하게 해 주고, 삶의 용기를 얻게 하는 곳을 만들어 낸다는 것은 예전 식으로 과거를 불러내어 예쁘게 그리는 것으로써 이루어지는 것이 아니었다. 나는 끔찍한 현실 속에서도 정신과 영혼의 나라가 존재한다는 것, 보인다는 것을 이야기해야만 했다. 이것을 깨닫자 나는 유토피아의 세계를 그려야 했으며 미래를 투영해야만 했고, 무서운 현실은 극복될 수 있는 과거 속으로 추방되었다. 그러자 놀랄 정도로 쉽게 카스탈리엔의 세계가 만들어졌다. 그것은 생각할

> 필요도, 세우느라고 애쓸 필요도 없었다. 그 세계는 나도 모르는 사이에 오래전부터 나의 내부에 자리 잡고 있었다. 나는 내가 찾고 있던 숨 쉴 공간을 찾은 것이다.

헤세의 의도는 무정부 상태의 세계를 절제와 정신적인 질서, 기율과 경외심의 나라와 대조해 보려는 것이었다. 그는 이상향을 세워 보고자 했다. 그리하여 플라톤의 아카데미처럼 카스탈리엔이 위엄을 잃은 이 세상에서 수백 년간 변치 않을 이상향이 되길 원했다. 카스탈리엔은 미래 속에서 투영되고 있긴 하지만 미래 공간도, 예언도 이상적인 가상도 아니다. 그것은 일정한 시간성으로 얽매인 비현실적인 이념이며, 정신세계의 한 가능성일 뿐이다.

《유리알 유희》는 '유희의 명수 루디 요제프 크네히트의 전기와 크네히트의 유작'이라는 부제를 달고 있다. 그것은 현대에서 수백 년 뒤의 이야기이며 괴테의 교육 주(州)－괴테 작품《빌헬름 마이스터의 편력시대(Wilhelm Meisters Wanderjahre)》에 나오는 이상향－에 나오는 카스탈리엔이라는 곳의 삶을 묘사하고 있다. 잡문(雜文) 시대로 묘사되고 있으며 온갖 개인주의, 전쟁, 도덕적인 파멸로 묘사되는 19세기와 20세기는 지나간다. 문명 몰락의 절망 속에서 한 그룹의 사람들이 정신문화를 고수하고 높은 문명의 가치를 이어받아 새로운 문화 세계를 건설하기 위해서 모인다. 그리하여 어떤 단체를 만드는데 회원들은 엄격하고 정신적인 법규 속에 살면서 세속적인 성공을 거부하고 모든 창조적인 예술 활동에 몸 바쳐 음악, 수학, 철학을 연구한다. 거기서는 모든 학문과 문화와 우주의 문학이 탐구된다. 이 정신적인 단체의 중심에 유리알 유희가 있는데 그것은 독특한 법칙과 문법을 가진 고도의 비밀스러운 언어며, 정신세계의 단일성과 이념이나 문화와 예술에 의해 창조된 모든 가치의 공통성을 보여 주는 상징이다.

> 유리알 유희는 우리 문화의 모든 내용과 가치를 가진 유희다. 그것은 미술의 전성기에 화가가 팔레트의 색깔을 가지고 하듯 진행되어야 한다. 활발한 창작의 시대에 모든 인식과 고매한 사상과 예술 작품이 나타냈던 것, 고귀한 연구가 그 개념을 파악하고 지식으로 삼을 모든 정신세계의 거대한 재료를 유리알 유희를 하는 사람은 오르간 연주자가 오르간을 연주하듯이 그렇게 요리해야 한다. 이 오르간은 완전무결하다. 건반과 페달은 정신세계를 완전히 표현하고 있으며 음역은 무한하다. 이런 도구를 통해서 정신세계의 모든 내용은 유리알 유희 속에 재창조된다.

이 유희는 수년에 걸친 연습을 필요로 하며 극소수의 사람만이 완성의 높은 경지에 도달할 수 있다. 단 한 사람만이 유리알 유희의 명수인 마기스터 루디가 되어 그 단체의 제식 활동인 제사와도 같은 거대한 공개 유희를 거행하고 시범을 보일 수 있다.

카스탈리엔 단체는 그 나름대로의 수도단을 가지고 주(州)와는 분리되어 있지만 주에 의해 인정받고 있으며 물질적인 보호를 받는다. 반면 단체는 재능 있는 아이들을 위해 세운 엘리트 학교를 맡고 있다.

이런 배경 속에서 요제프 크네히트의 일생이 시작되는데 그의 일생은 오래된 재료와 보고서를 통해서 이야기되고 있다. 비상한 음악적 재능을 가진 어린 크네히트는 열두 살 때 카스탈리엔의 엘리트 학교에서 특별한 시험에 패스한다. 그는 최우수 학생으로 학교를 마치고 혼자서 연구한 뒤에 단체에 들어간다. 곧 그는 몇 명의 엘리트 그룹에 끼게 되고 2년간 베네딕트파의 수도원 마리아펠스 수도원으로 보내진다. 거기서 그는 위대한 역사가인 야코부스 신부를 만나는데 그를 통해서 역사와 현실의 본질을 알게 된다. 돌아온 뒤 그는 마기스터 루디로 선출되어 수도단의 최고 자리에 오르고 유희의 대가로서 뛰어난 스승으로 추대된다. 그러나 단체의 선구자인 그는 카스탈리엔 역시 절대적인 가치를 가진 것은 아니라는 것을 깨닫는다. 그것 역시 역사적인 존재로서 결국 변모되어야만 할 운명을 가진 것에 불과했다. 그는 날이 갈수록 명확하게 보전하고 지속시키기 위해서는 변모와 전진이 불가피하며, 모든 완성된 것과 이룩된 것은 "더 나은 발전과 변환을 위한 능력이 없을 때 결국은 소멸되고 만다는 것"을 깨닫는다. 그리하여 그는 단체의 가능성을 끝까지 가늠해 보고 나서 그곳을 떠날 결심을 한다. 단체의 반대를 무릅쓰고 크네히트는 직위를 버리고 세상의 삶으로 돌아와 자기와 함께 엘리트 학교에 다녔으나 지금은 정치에 몸담고 있는 친구네 아들의 교사가 된다. 그러나 새로운 일을 시작한 지 얼마 안 되어 호수에서 수영하다가 세상을 떠난다.

이 책의 줄거리를 아무리 자세히 설명한다 해도 작품이 갖고 있는 풍부한 내용이나 독특한 분위기를 설명할 수는 없다. 거대한 푸가처럼 테마와 반(反)테마, 주(主)된 목소리와 주변의 목소리가 서로 복합된 작품이고 영혼과 삶이 복잡하고 다양하게 전환하는 작품이기 때문에 그 근본 사상을 꼬집어 얘기하기는 어렵다. 《유리알 유희》는 크네히트의 일생을 그리고 있는 서두의 장이 '그의 일생의 일반적인 소개에 대해 시도'로써 시작되고 있다. 이 장에는 헤세가 1933년 1월에 기초하여 친구인 프란츠 샬-클랑고

어－에 의해 라틴어로 번역되고 파인할즈－콜로프－에 의해 정리된 금언이 적혀 있다. 그 금언은 이렇다.

> 분별없는 사람들은 존재하지 않는 사물을 말로 표현하는 일을 존재하는 것을 표현하는 것보다 더 수월하고 무책임하게 할는지 모르지만, 정직하고 양심적인 역사가는 그 반대다. 언어를 통한 표현에서 존재를 증명하거나 인정하도록 설명할 수 없는 것을 사람들 눈앞에 드러내 보여 주는 일보다 더 필요한 것은 없다. 그러나 정직하고 양심적인 사람들이 그것을 존재하는 것으로 취급함으로써 그 존재와 탄생의 가능성에 한 발자국 더 다가갈 수 있는 것이다.

에밀 슈타이거에게 보낸 편지에서 헤세는 이 말이 작품을 이해하는 열쇠가 된다고 말한다. "어떤 생각을 환기하고 현실화하여 표현함으로써 이미 현실화－파우루룸 아프로핀쿠안트(Paululum appropinquant)－로 걸음을 내딛고 있는 것이다."

환기되고 현실로서 표현된 생각이란 곧 유리알 유희의 연기자 단체가 있는 카스탈리엔이다. 헤세는 '전쟁 시대'의 말기에 옛 수도원의 테마를 다시 선택해서 '금욕적이며 숭고한 자각'을 갖게 하고자 했으며, 그 작품을 통해 국가와 세계에 정신적인 토대를 마련해 주고 있다. '질서, 규범, 이성(理性), 법칙과 절제'를 보존하기 위해서 유리알 유희의 연기자들은 정치, 경제와 그 외 세속의 각 분야와 가정생활의 모습까지도 보여 준다. 그들은 세상의 '교사, 책, 방법'이 되고 '정신적인 양과 질의 표준'이 되어 자신의 존재를 통해 나라에 위대한 봉사를 한다.

그러나 이러한 과업은 엘리트에 의해서만 해결될 수 있다. 최고의 인물들이 선출되어 그들만이 단체의 수도단을 다스리고 '정신과 진실을 위해' 일생을 봉사하는 정신적인 힘을 갖게 된다.

이런 목표를 달성하기 위한 방법으로 단체에는 명상이라는 게 있는데 일종의 육체적인 단련으로 그것을 통해 각자 중립 상태에 들어가고 삶의 단일성 속에 자신을 참여시키게 된다. '영상적인 지혜와 조화'의 이 연습은 '객관화와 진실에의 사랑'과 함께 카스탈리엔 창립 정신의 기본이 된다.

카스탈리엔이 가진 정신성의 최종 표현이 유리알 유희다. 인류가 가진 모든 정신적 노력의 내적 조화 사상, 보편성의 사상이 유리알 유희 안에 모습을 갖추고 있다. 유희 자체에 대해서는 작품에 명확하게 설명되어 있지 않다.

바로 그런 점에 유희의 비밀과 상징적인 내용이 담겨 있는 것이다. “부호(符號)의 유희를 통해서, 비유와 노래를 통해 성스러운 경외심은 보존되도다”라는 크네히트의 유작시의 한 구절에서도, 플리니오 데시뇨리와의 대화에서도 단체의 기능이 설명되고 있는데 그것은 유리알 유희가 “과학 그리고 미에 대한 경외심과 명상” 세 가지를 한꺼번에 결합하고 있다는 점이다.

유희를 통해서 얻을 수 있는 가장 훌륭하고 아름다운 것은 명랑성이다.

> 훌륭한 유리알 유희 연기자는 마치 잘 익은 과일이 달콤한 즙으로 가득하듯이 명랑성으로 가득해야 한다. 그는 우선 음악의 명랑성을 가져야 하는데 음악이란 사실 전율과 세계의 불꽃 속을 명랑하게 웃으면서 걸어 나가고 춤추고 하는 용감함 또는 규제의 아름다운 표현에 불과하다. 이런 명랑성에 도달하는 것이야말로 내게는 모든 목표 중에서도 가장 지고한 것으로 생각된다. 그것은 경박함도 자기도취도 결코 아니다. 그것은 고귀한 인식이고 사랑이며 모든 현실에 대한 긍정이며 깊은 심연 주변에 깨어 있음이다. 그것은 성자(聖者)와 기사들이 가졌던 덕이며, 결코 파멸하지 않고 연륜과

함께 죽음에 이를 때까지 계속 증식되어 나간다. 그것은 아름다움의 비밀이며 모든 예술의 본질이다. 모든 민족과 언어가 세계의 깊이를 헤아리기 위해서 신화와 온갖 천지창조론과 종교를 헤맨다고 해도 그들이 도달할 궁극적이며 가장 높은 단계는 바로 이 명랑성이다.

명랑 또는 명랑성이라는 단어는 헤세가 정신적으로 별 연관을 갖고 있지 않았던 실러를 연상시키게 한다. 그의 만년의 대화나 편지에는 자유롭게 사고하는 마음의 상태를 표현하는 말로서 그 두 단어가 자주 되풀이되고 있다. 그리고 명랑성이라는 말은, 미적이며 조화를 이룬 인간이 진실로 자유로울 때의 상태를 일컫는 말로 쓰이고 있다. 실러에게 있어서도 유희 개념은 중요한 의미를 가지고 있었다. "인간은 유희를 할 때만 완전히 인간일 수 있다."

헤세에게 있어 명랑성이란 고전주의 정신의 특징이었다. 그것은 푸르셀에서 슈베르트에 이르는 음악에서 가장 훌륭하게 표현되었으며 그런 음악과의 관계 속에서만 획득할 수 있다. "고전 음악의 특성은 인간 조건의 비극성에 대한 이해, 인간 운명에 대한 긍정, 용감성, 명랑성이다."

변화시키는 힘으로서의 음악이 이 작품 전체를 관통하고 있다.

완전한 음악은 … 평정 속에서 이루어진다. 평정이란 정당성 속에서 성립되고 정당성은 세계의 의미 속에서 성립된다. 그렇기 때문에 세계의 의미를 인식하는 사람만이 음악에 관해서 이야기할 수 있다. 음악은 하늘과 땅 사이의 조화 위에, 모호함과 밝음의 화합 위에 이루어져 있다.

데시뇨리와의 대화 마지막에 크네히트는 피아노를 연주하기 시작한다.

조심스럽고 아주 나지막하게 그는 야코부스 신부가 좋아하던 푸르셀의 소나타 한 소절을 연주했다. 음은 마치 황금빛 물방울처럼 적막 속을 조용히 흘러가고 있어서 그 사이로 정원에 있는 오래된 샘의 노래가 들릴 정도였다. 아름다운 음악의 목소리는 부드럽고, 엄숙하고, 머뭇거리면서 달콤하게 서로 뒤섞였고 윤무를 추듯 시간의 무위와 무상 속으로 용감하고 쾌활하게 걸어 들어가 잠시 동안 공간과 밤의 시간을 무한하고 영원한 것으로 만들어 주었다. 요제프 크네히트가 친구에게 작별을 할 때 친구의 얼굴은 전과는 다른 환한 얼굴이었고 눈에는 눈물이 흐르고 있었다.

크네히트의 길은 카스탈리엔을 지나 저 멀리로 이어져 있다. 그가 학생으로서 플리니오와의 논쟁에서 끝까지 지켜보려고 했고 야코부스 신부와의 대화를 통해 그 존재 이유를 찾아냈으며 스스로 정당한 것으로 인정하려고 애썼던 단체에 대해 그는 자신의 신념에 성실하기 위해서 불성실하게 된다. 그렇다고 해서 작품의 결론부에 카스탈리엔이 폐지되거나 하지는 않는다. 그 단체는 계속된다. 단지 그곳에도 한계가 있으며 카스탈리엔 역시 역사 세계의 상대성에서 벗어나지 못한다는 것이 확실해진다. 카스탈리엔의 초정신력을 가진 뛰어난 대표자며, 크네히트와는 상대적인 인물인 테굴라리우스에게 역사 연구는 카스탈리엔에 쓸모없는 대상일 뿐이다. 그러나 크네히트는 그가 위대한 역사가로 존경하는 야코프 부르크하르트의 모습을 한 야코부스 신부를 통해서 "역사는 학문 분야가 아니라 현실이고 삶"이라는 것을 깨닫게 되고 "자신의 개인적인 삶의 변환과 발전이 역사와 일치함"을 경험한다. 그는 "현실과 과업과 행동에 대한 열망으로" 단체를 떠나지만 개혁자로서 세계를 개혁하려는 것이 아니라 "교사로서 교육자로서, 단 한 명의 제자를 둔 교육자로서" 온 힘과 재능을, 한 인간을 위해 봉사하고자 한다. 그는 자기 이름처럼 크네히트—심부름꾼—가 되어 완전한 봉사자가 되고 그렇게 함으로써 완전히 자유로워진다.

크네히트는 마이스터 알렉산더에게 자신의 결심을 이렇게 설명한다.

> 제 삶은 계속해서 변화하고, 한 단계에서 다음 단계로 전진해야 한다고 생각하고 있습니다. 그것은 마치 음악이 이 테마에서 저 테마로, 이 템포에서 저 템포로 바뀌고 진행되고 서로를 완성시키고 여운을 남기듯이 결코 지치지 않고, 잠들지 않고 언제나 깨어 있으며 현재 속에 남아 이곳에서 저곳으로 건너가기도 하고 남아 있기도 하고 해야만 합니다.
>
> 우리는 모두 인간이며, 하나의 시도며 하나의 도정에 불과합니다. 우리는 완성이 있는 곳으로 가는 도중에 있어야만 합니다. 주변이 아니라 중심을 향해 가도록 노력해야만 합니다.

《데미안》 시대나 《싯다르타》의 사상이 그대로 반영되고 있는 것이다. 다음과 같은 대화에서는 더욱더 그렇다.

> 진실은 존재한단다. 그러나 네가 추구하는 절대적이며 완전하고 유일한 지식이라고 부를 수 있는 규범은

존재하지 않는단다. 애야, 너는 완전한 규범을 추구하지 말고 너 자신의 완성을 위해 노력해야 한다. 신성(神性)은 어떤 개념이나 책 속에 있는 것이 아니라 바로 네 안에 있다. 진실은 가르쳐지는 게 아니라 체험되는 것이란다.

《데미안》에는 "살고 있다는 그 생각만이 가치 있다"라고 쓰여 있다. 계속 변모하고 항상 긴장 속에 있는 정신과 삶이야말로 헤세의 정신세계나 창작 세계의 가장 중요한 모티브였다. 헤세는 인간을 제도나 신념 또는 규범보다도 더 높이 보았다. 인간은 자신의 법칙에 따라 자유롭게 행동하면서 새로운 체험과 모험을 마음껏 받아들일 준비가 되어 있어야 한다.

〈단계〉라는 시는 원래 '극복'이라는 제목으로 쓰였던 것인데 1941년 5월 어느 날 밤, 몇 주에 걸친 병고에서 일어나 다시 연필을 잡게 되었을 때 쓴 것이다.

모든 꽃들이 시들듯이 그리고 청춘이
나이에 굴하듯이 인생의 모든 단계는
지혜를 꽃피우고, 덕망도 번창하며
영원히 계속되지는 않는다.

생의 외침을 들을 때마다 마음은
이별을 준비하고 새출발을 하여
용감히, 그리고 슬퍼하지 않고
새로운 속박 속에 몸을 내맡겨야 한다.
새로 시작할 때면 언제나 마술의 힘이
우리를 보호하고 살도록 도와준다.

쾌활하게 우리는 여기서 저기로 걸어 나가야 한다.
어느 곳에도 고향처럼 집착해선 안 된다.
세계의 정신은 우리를 속박하거나 붙잡지 않고
우리를 한 단계, 한 단계 높여 주고 넓혀 주려 한다.
어떤 생활권에 안주해서
습관이 들면 태만해지기 쉽다.
헤어져 출발할 각오가 된 자만이
습관의 마비 상태에서 벗어나리라.

죽음의 순간에 우리는 아마도
새로운 공간으로 다시 보내지고
우리를 부르는 생의 외침은 결코 그침이 없으리라
그러니 마음이여, 작별을 고하고 건강하라!

《유리알 유희》는 독일에서는 1946년에 나왔는데 강력하고도 지속적인 반향을 일으켰다. 이전의 헤세 작품들이 예언서며 진단서였던 것과는 달리 문명 비판적인 이 작품은 치료제 역할을 한다. 헤세는 혼돈에서 질서를 찾아내게 하는 치료의 힘을 보여 주고자 했다. 이 작품의 내용에 대해서는 많은 논란이 일어났다. 그리고 이 복합적인 작품에 대해서 많은 의미 분석이 시도되기도 했다. 카스탈리엔이나 유리알 유희는 작품에서 분리되어 그 나름대로의 정신적인 현실성을 갖게 되었다.

헤세에게는 그의 시를 전집으로 내자는 요구가 몇 번이나 있었다. 그는 오랫동안 그에 찬성하지 않고 있었다.

> 왜냐하면 서로 비슷한 끔찍하게 많은 수의 시들을 영구히 보존할 필요가 없기 때문이다. 내 시가 필요로 하는 것은 선택하고 정리하며 군가지를 쳐내는 것이다. 물론 나는 전집의 의미나 목적이 선집의 그것과는 다르다는 것을 알고 있으며 전집을 내는 것 역시 쓸모 있는 일이라는 것은 알고 있다. 즉 그것은 내가 살아왔고 해 온 일에 대한 고백으로, 개고한다거나 삭제하지 않은 단점투성이인, 운(韻)도 잘 맞지 않고 어색한 원본 그대로의 솔직한 자기표현이라는 점에서 의미가 있다

는 것은 알고 있다.

그는 전집 출판 계획에 찬성하지 않았지만 끈질긴 요구에 의해 결국 수락하고 말았다. 《시 전집》은 1942년 페터 주어캄프의 동의를 얻어 독일에서는 출판될 수 없는 시까지 다 넣어서 스위스의 피레츠 운트 바스무트 출판사에서 출판되었다.

장난으로 썼거나 특별한 기회에 쓰인 150여 편의 시와 극히 개인적인 성격의 〈위기〉라는 작품 속에 나오는 몇 편의 시를 제외하고는 이 시집은 헤세의 서정시를 모두 망라하고 있는데 50여 년에 걸쳐 600여 편이 12권의 단행본으로 발표된 것들이다.

이 작품집에는 시가 연대순으로 수록되어 있어서 열아홉 살에 〈낭만적인 노래〉를 쓸 때부터 60여 년간의 창작기에 걸친 변모를 한눈에 알아볼 수 있다. 헤세에게는 시가 고백이었기 때문에 시 전집은 그의 전기 또는 내적 삶을 말해 주는 이야기 구실을 한다.

서정 시인으로서 헤세는 민요에 뿌리를 박고 괴테에서 낭만주의 또는 뫼리케로 이어진 독일 시의 전통을 이어받고 있다. 헤세는 스스로를 그런 전통 속의 한 사람으로 보았을 뿐 시의 형식을 개혁해 보려는 내적 욕구나 욕망은 갖지 않았다.

> 약간의 예외를 제외하고 나는 전통적인 형식이나 지금까지 쓰이고 있는 스타일에 만족하고 있다. 나는 형식상의 새로운 것을 만들어 내고, 아방가르드가 되고 '선구자'가 되고 싶은 생각은 전혀 없다.

그리움과 정처 없는 방황과 고독과 향수를 이야기하는 헤세의 초기 시는 음악성으로 가득 차 있으며 매혹적인 음향과 마술의 분위기로 가득하다. 고향과 꿈이란 단어가 자주 나타나고 '시골 여행자 숙소', '들을 넘어', '낯선 도시', '안개 속에서', '방랑' 등의 제목은 시의 주제를 잘 드러내는 단어들이다. 이런 시를 통해서 헤세는 청춘의 비밀과 잃어버린 행복을 회상하면서, 낯설고 정처 없는 기분을 맛보고 있다. 그는 감상적인 사람으로 갈등을 일으키는 성격을 가졌고 현실에 괴로워했으며, 충동과 정신의 갈등 속에서 괴로워한 사람이다. 절망 속에서 구원을, 의미 없고 허상으로 가득 찬 세계에서 벗어나는 출구를 찾아 헤맸다.

정신 분석이나 동방 세계와의 만남이나 서정적인 작품들 속에 반영되고 있는 체험들을 통해서 헤세는 '내면으로의 길', '세계의 마음'으로 가는 길을 발견했으며 '내적 자아'의 불멸성을 인식하게 되었다. 이 자아야말로 세계의 토대며 삶의 토대가 된다.

어머니의 나라는 영원의 나라, 영원한 재탄생의 나라로서 도피처가 된다. 헤세를 매혹했고 수많은 시 속에 등장하는 '어머니의 나라'는 일종의 상징으로서, 그 대립으로 아버지의 이념, 즉 정신을 필요로 한다. "정신은 신성(神聖)하며 영원하다"라고 헤세의 사상을 이해하는 데 있어 중요한 열쇠가 되는 〈명상〉이라는 시는 시작되고 있다. 그 시는 이렇게 이어진다.

그러나 자연은 우리에게 만족을 주지는 않는다.
어머니의 마술 속으로 영원한 정신의 불꽃은 파고들어
아버지처럼 아이를 어른으로 만들어 놓고, 천진함을 없애고
우리로 하여금 투쟁하며 인식하게 만든다.
그래서 어머니와 아버지 사이에서
그래서 육체와 정신 사이에서
자연의 유약한 아이는 망설이기만 한다.
다른 존재와는 달리 괴로워할 줄도 알고
믿음과 희망의 사랑이라는 지고(至高)의 것을
베풀 수도 있는 인간의 연약한 영혼이여!

헤세는 영속에 대한 동경, '존재에 대한 갈증'을 좇고 있었다. 〈비탄〉이라는 시에는 "돌이 되어 굳어 버렸으면! 영속할 수 있다면! 이것이야말로 우리가 영원히 바라는 바다"라고 쓰여 있다. 그러나 이 지상에는 '변화'나 '도약' 외에 영원한 것은 없기 때문에 변화의 영원성만을 영속적인 것으로 인정할 때에만 비로소 굳건한 신념을 가질 수 있다. 이러한 인식은 헤세의 후기 시 〈오르간 연주〉나 〈바흐의 토카타〉에 평온함과 안정과 유연함을 주고 있다. 그런 시에는 세계와의 일치가 이루어졌으며 세계는 새로운 모습으로 시인의 주위에 정돈되어 나타나 있다. 헤세의 만년 시인 〈일본의 어느 골짜기에서 풍화된 태고의 부처상(像)〉이라는 시에는 "모든 변화의 상(像)이 단일성"으로 변모되고 있다. 시를 통해서 찰나의 상에 불멸성을 부여하고 그것에다 정신과 영속성을 주는 것이 시인의 과제며 재능이다.

중국풍

구름 사이로 내비치는 뿌연 달빛으로는
뾰족뾰족한 대나무 그림자를 잘 헤아릴 수 없지만
높고 둥그스름한 다리의 그림자는 물 위로

깨끗하고 말쑥하게 드러나 있다.

우리가 무한히 사랑하는 것은 모두
세상과 밤의 어두운 땅 위로 마술처럼 헤엄치며
마술처럼 쓰였다가 다음 순간
사라져 버리는 그런 이미지들일 뿐이다.

뽕나무 아래엔 붓과 술잔을 잘 부리는
술 취한 시인이 자기를 매혹한 달밤과
흔들리는 그림자와 달콤한 달빛을 노래한다.

재빠른 붓놀림으로 그는 달과 구름과
술 취한 자기 앞을 지나치는 모든 것을 쓴다.
그는 찰나적인 것을 노래하고
그 유연한 것을 체험하면서
그것에게 정신과 영속성을 준다.

그러면 그 모든 게 불멸하게 된다.

만년

1933년 3월에 루돌프 야코프 훔에게 쓴 편지에서 헤세는 이렇게 말하고 있다.

> 나는 최근에 내가 고독한 인간이며 '몽상가'라는 것을 더욱더 의식하게 되었으며 그것을 의식하고 저주로 생각하는 것이 아니라 내 직무로 받아들이게 되었습니다. 그러나 나 역시 내 나름대로의 범위와 사회성을 갖고 있습니다. 나는 매해 대부분 스물다섯 살 이하인 젊은 이들에게서 온 수천 통의 편지를 받고 있으며 많은 사람들이 나를 방문하기도 합니다. 예외 없이 그들은 모두 재능은 있으나 좀 어려운 젊은이들로 평균보다는 좀 지나치게 개성적인 사람들이며 규격화된 세계의 규범 때문에 방황하고 있습니다. 상당수가 병적이지만 뛰어난 사람들로 나는 그들을 통해 독일 정신이 훌륭하게 계승되리라는 것을 믿고 있습니다. 위험하지만 생기에 넘치는 이 소수의 젊은이들에게 나는 목사도 의사도 될 수 없습니다. 그럴 만한 권위도, 권리도 갖고 있지 못합

니다. 그러나 나는 내 감정 이입을 해 놓을 수 있는 한, 무엇이 그들을 규범으로부터 분리시키고 있든, 그들을 북돋아 주고 그네들로 하여금 그 속에서 의미를 찾아내게 해 주고자 합니다.

같은 시기에 쓴 어느 편지에는 이렇게 쓰기도 했다.

이런 편지야말로 20여 년 동안 내 존재와 노동의 의미에 대한 증명이었으며 동시에 나날의 짐이었고 괴로움이었습니다.

홍수처럼 밀려드는 편지는 2차 대전 이후 무섭게 늘어났다. 각계각층의 사람들, 여러 연령층의 사람들이 충고와 지식과 도움을 바라면서 자기네들의 처지와 괴로움을 호소했고 문학과는 전혀 관계없는 문제들을 신뢰에 가득 차 그에게 보내왔다. 마치 그가 의사고, 목사이며, 고해 신부기라도 한 듯이….

그에게는 "조용한 탄식이나 주저하는 듯한 소원에서부터 분노에 가득 차고 무례하고 시니컬한 절망에 이르기까지 온갖 종류의 끝없는 괴로움"이 호소되었다.

이런 편지의 시대적인 가치를 의식한 헤세는 그 일부를 도서관에 넘겨 보관케 했고 답장 중 일부를 뽑아서 1951년에 출판했다. 이 서간집은 당시 작가들의 서간집과는 본질적으로 달라 시인과 인간과의 영향 관계를 보여 주고 있는데 현대에는 헤세의 편지와 비견될 만한 것을 찾아낼 수 없다. 20세기의 많은 작가가 위대한 편지 작가였다. 그러나 토마스 만이나 후고 폰 호프만슈탈에게 편지 교환은 비슷한 생각을 가진 두 사람 또는 정신적으로 서로 필적할 만한 상대끼리의 대화라는 점에서 중요했지만 헤세에게는 그렇지가 않았다. 지금까지 발표된 그의 편지는 거의 모두 일방적인 답장일 뿐이다. 동시대의 다른 작가들과는 달리 극히 개인적인 내용의 편지를 잔뜩 받았으며 대부분 굉장한 신뢰를 보여 주고 있다는 것은, 그의 작품이 취한 개인 고백 형식이 많은 독자들에게 강한 호소력을 갖고 있다는 증거다.

어느 독일 여대생은 "처음으로 당신의 작품을 읽었을 때 저는 거기에서 제가 이미 무의식적으로 느끼고 있었던 많은 것을 발견할 수 있었습니다"라고 말하고 있다. 그리고 도쿄의 어느 학생은 헤세에게 이렇게 썼다.

> 당신의 작품을 읽으면 읽을수록 저는 점점 더 깊이 스

> 스스로를 그 속에서 발견하게 됩니다. 나를 가장 잘 이해하는 사람은 스위스에 있으며, 나를 항상 바라보고 있다고 저는 확신하고 있습니다.

수천 통의 편지에 대해서 그는 답장을 썼고 서신 왕래야말로 "하루 일의 주된 업무"가 되었다. 그 일은 힘겹고 어려웠으며 지루하기도 하고 즐겁지 않을 때도 있었지만 그는 힘든 일을 충실히 실행해 나갔다. 그는 받은 편지에 대해서는 거의 빼놓지 않고 답장했으며 85세 생일 다음 날에는 7시 반에 일어나 답장을 쓰기 시작해서 약 900통의 축하 편지 답장을 썼다.

> 당신의 편지는 눈의 통증 속에서, 그득 쌓인 우편물과 함께 내 앞에 놓여 있습니다. 그러니 짤막하게 쓰겠습니다. 그러나 답장을 하지 않을 수 없습니다. 당신의 호소를 제가 이해하고 있으며 그것에 감동받고 있기 때문에….

그러나 헤세는 '선구자'가 되어 자기가 인생 문제에 대해 치료법이나 특효약을 가르쳐 주는 것을 완강히 거부했다.

> 나는 당신의 문제에 대해 대답할 수 없습니다. 저 자신의 문제에 대해서도 답을 할 수가 없고요. 저도 당신과 마찬가지로 삶의 끔찍한 괴로움 때문에 어쩔 줄 몰라 하고 괴로워하고 있습니다. 그러나 나는 삶의 무의미함이란 계속 삶에 어떤 의미를 부가함으로써 극복될 수 있다는 신념을 갖고 있습니다. 나는 내가 삶의 의미 있고 없음에는 책임이 없지만, 나 자신의 단 한 번밖에 없는 삶을 가지고 무엇을 하는가에 대해서는 책임이 있다고 생각합니다.

그의 답장은 유쾌한 것만은 아니었다. 추근추근한 글에 대해서는 날카롭고 무뚝뚝했다. 그러나 그의 답장은 성실했으며 인습적인 미사여구로 상대와 타협하지 않았고, 상대를 인간으로서 성실하게 받아들였다. 도움과 교훈, 지시, 안내를 바라는 많은 편지에 대해서 그는 언제나 따뜻한 마음으로 도와줄 준비가 되어 있었다.

헤세는 수취인으로서 편지에 답장한 것에 불과한 것이지 이후 출판할 생각으로 답장한 것은 아니었다. 그 편지들은 문학은 아니다. 그러나 인생의 후반기에 있어서 편지는 그의 일에서 중요한 부분이었으며, 정신세계와 인생관, 소망을 보여 주는 표현 수단이었다. 1951년 1월에 그는 작품을 높이 평가하고 있는 프랑스 작가 앙드레 지드에게 "의식(意識)을 갖고 있지 못하며 기껏해야 거대한 기구에 편승한 늙은 개인주의자에 불과한 제가 당신께 인사를 드립니다"라고 썼다. 끝까지 그는 혼자 걷는 사람이었으며 "마음껏 개인적인 삶을 한 번도 갖지 못했다"고 스스로 생각하고 있었다. 이러한 은둔 생활 태도는 창작이란 조용함과 끈질긴 기다림과 준비를 필요로 하며, 가정의 안전한 보호를 필요로 한다는 것을 알고 있었기 때문이다. 소설에 있어 그의 원고는 놀랄 정도로 고친 흔적이 드문데 그것은 그가 매우 몰두해서 일을 했다는 것, 머릿속의 생각을 명확하게 파악한 다음에야 글을 쓰기 시작했다는 사실을 증명해 준다. 대개 그는 처음에 손으로 썼다가 나중에 손수 타자기로 글을 썼다. 두 번째로 쓰면서 필요한 경우 고쳐서 개고를 했다. 그를 사교적인 삶에서 멀리 떨어져 살게 한 고독은 "정신적인 것이 아니라 육체적이며 생활, 경제적인 고독"이었다. 그는 떨어져서 살았지만 언제나 깨어 있는 양심과 예민한 감수성을 통해서 세상일에 참여하고 있었고 직접 관련을 맺고 있는 수많은 다른 사람들보다도 모든 위기와 변혁을 강렬하고도 날카롭게 받아들이고 있었다.

희망에 찬 시와 함께 헤세는 1945년 초봄에 평화를 맞이했다. 독일과의 서신 교환이 다시 가능해지자 그에게는 산더미처럼 많은 편지가 날아오기 시작했다. 몇 달 동안 그는 편지 수천 통을 받았다. "내용은 지난 몇 년 동안 독일에서 일어난 일에 대한 감동적인 보고가 대부분이었다. 이 편지들은 눈을 피로하게 하고 머리를 지치게 할 뿐 아니라 내게 끝없는 탄식, 질문, 요구, 비난, 도움의 청을 늘어놓고 있었다."

그는 할 수 있는 한 실질적인 도움을 주려고 애썼다. 그러나 독일인들 가운데서 별로 통찰과 인식을 발견해 내지 못하게 되자 실망하고 화가 났다. "전반적으로 독일인들은 세계와 자기 자신에 대해서 조금도 책임감을 갖고 있는 것 같지 않다." 공개 시위, 항의, 단체 활동은 하지 않았지만 헤세는 자기 나름대로 입장을 명확하게 밝혀야만 하겠다고 느끼고 있었다. 그는 편지에 "자신의 죄를 캐고 반성하고 개심할 생각은 없이 당신네들은 다른 사람을 비판하기에 바쁘다"라고 썼다.

> 이런 식으로는 나아질 것이 없다. 당신네들은 무기가 부족했기 때문에 전쟁에서 지고 말았다고 말하기도 한다. 이런 거짓말이 요즘도 독일에 떠돌고 있다. 당신네들이 이웃에 대해서 악마처럼, 미친 듯이 행동했던 그

전쟁에서 패전을 한 것은 그런 이유가 아니라, 독일의 정복욕과 살인욕을 세계가 더 이상 참을 수 없게 되었기 때문이다. 세상이 전부 당신네들에게 맞선다면 그 전쟁은 지는 것이 당연하다. 그리고 패배한 편은 대개 전쟁을 통해 무언가를 배우는 대신에 주위의 다른 사람들에게 불평을 늘어놓기 일쑤다. 이것이 당신에게 보내는 내 최초의 편지며 마지막 편지다. 당신은 배움을 원치 않기 때문에 아무것도 배울 수 없을 것이지만 나는 당신에게 편지를 쓰지 않을 수가 없다.

1946년에 독일인들의 태도를 비판한 "독일로 보내는 편지"가 그의 뜻과는 달리《노이에 차이퉁》에 발표되었을 때 불쾌하고 악의와 비난에 찬 많은 글을 받았다.《취리히 차이퉁》에 기고한 "독일에서 온 비난 편지에 대한 답장"이라는 글에서 헤세는 이렇게 썼다.

1914년, 독일이 부당한 전쟁과 끝없는 전쟁 프로파간다를 시작한 이후 나는 1914년 가을부터 1946년 초봄에 이르기까지 지각 있는 사람들에게 계속 호소하고 경고하기도 했다. 그러나 1914년에서 지금에 이르기까지 나는 비웃음을 사고, 비방당하고, 비난받을 뿐이었다.

> 당신이 보낸 편지는 내가 32년 동안 독일로부터 받은 수천 통의 비난 편지 중 하나일 뿐이며 다른 편지보다 별로 더 심한 내용도 아니다. 흔히 심한 고통을 당하고 있는 민족이 무엇인가를 배울 수 있다고 기대해서는 안 된다고 많은 사람이 말하고 있다. 그러나 나는 이 극심한 괴로움과 굴욕의 시기보다 통찰과 반성의 시기로 더 적당한 때는 없다고 생각한다.

그해 헤세는 노벨문학상을 받았다. 건강 상태가 나빠서 그는 스웨덴으로 상을 받으러 가지는 못했다. 감사 연설에서 그는 다음과 같이 말하고 있다.

> 나는 노벨상의 기초가 되는 사상, 즉 정신은 초국가적이며 국제적이고, 정신의 의무는 전쟁이나 파괴가 아니라 평화와 화해를 위해 봉사해야 한다는 생각으로 여러분과 완전히 결합되어 있다고 느낍니다. 나에게 주어진 이 상은 동시에 독일어와, 문화에 대한 독일의 공헌을 인정하는 것으로 나는 세계의 화해와 온 민족의 정신적인 협력의 길을 다시 열자는 아름다운 뜻을 그 속에서 느끼고 있습니다.

또 다른 명예가 뒤따랐다. 그는 1946년에 프랑크푸르트시의 괴테상을 받았으며 1947년에는 베른대학에서 명예박사학위를 받았고 1950년에는 브라운슈바이크시의 빌헬름라베상을 받았다. 1955년에는 공로 훈장을 받았고 그해 가을에는 독일서적회의 평화상을 받았다.

그의 작품은 여러 나라 말로 번역되었다. 헤세의 작품이 특히 인기 있었던 일본에서는 65종의 단행본이 나왔으며 전집만 해도 14권짜리, 17권짜리로 두 종류나 나왔다.

만년에 헤세는 몬타놀라를 오래 떠나 본 적이 거의 없었다. 오버엥가딘에서 보내는 여름휴가만이 1년의 단조로운 리듬을 파괴할 뿐이었다. 그러나 그의 집은 상아탑이나 조용한 전원, 또는 은퇴한 사람의 휴식처는 아니었다. 수천의 가느다란 실이 그를 세상과 연관 지어 놓고 있었으며, 전후에 여행이 용이해지자 수많은 방문객들이 몰려들어 일을 할 수 없을 정도였다. 집 문에다 그는 연필로 다음과 같은 구절을 써 붙이기까지 했다.

맹자의 말씀

사람이 늙어 자기 할 일을 다 한 뒤에는 조용히 죽음과 친해져야 한다. 인간은 필요치 않다. 인간들에 대해서는 잘 알고 있으며 충분히 보아 온 고로. 그가 필요로 하는 것은 한적함이다. 그런 사람을 찾아가서 말을 걸고 잡담으로 괴롭히는 것은 현명치 못하다. 그런 사람의 집 앞을 지날 때는 빈집을 지나칠 때처럼 그냥 지나가는 게 좋다.

이런 식으로 헤세는 호기심이나 성가심으로부터 자신을 보호했고 친구들을 제대로 맞아들일 수 있었다. 집에는 손님이 없는 적이 거의 없었다. 슈바벤의 친지들, 두 누이 아델레와 마룰라가 초대되었고, 루마니아에서 망명해 온 부인의 친척, 세계 곳곳에서 온 방문객과 친구들이 끊이지 않았다. 그는 12월에 쓴 편지에서 "1947년에는 별로 즐거운 일이 없었지만 멋진 일이 그래도 몇 가지 있었는데 그것은 토마스 만, 마르틴 부버, 한스 카로사를 만난 것이었습니다"라고 말하고 있다.

헤세의 초상을 그리기 위해서 친구인 에른스트 모르겐탈러가 몇 주 동안 몬타뇰라에 머물렀다. 시인과 화가 두 사람 모두 이 만남을 즐겼다. 그리고 어느 날 갑자기 앙드레 지드가 왔다. 두 시간에 걸쳐 대화를 주고받는 동안 지드는 어미 고양이가 2주 된 새끼와 함께 방 귀퉁이에 있는 바구니 속에 들어가 있는 것에서 눈을 뗄 수가 없었다.

그는 잘 제어되고 사회에 익숙한 눈과 교양 있는 얼굴을 하고 있었는데 눈길은 항상 목표를 찾아 모색하고 있었으며 일생을 아프리카, 영국, 독일, 그리스로 몰고 간 거대한 힘을 느낄 수 있었다. 그의 눈길, 세계의 놀라운 일에 대해 용감히 맞서 접근해 보려는 태도는 센티멘털하지 않은 동정과 사랑으로 가득 차 있었으며 그가 무슨 일에 몸을 내맡기든 그 뿌리에는 뭔가 객관적인 것, 즉 인식에 대한 갈증이 뿌리박혀 있었다.

지드의 사위인 장 랑베르는 《동방 여행》을 프랑스어로 번역했으며 지드는 이 번역판 서두에 헤세에 대한 에세이를 썼다. 헤세는 이 프랑스 작가에게 보낸 마지막 편지에다 "당신을 통해서 사랑으로 충일된 인간, 자유와 개인성과 개인적인 책임감의 대변자를 알게 됐다는 사실은 행운이며 위안입니다"라고 썼다.

24년 만에 일본의 조카 빌헬름 군데르트를 다시 만난 것은 헤세에게는 더할 수 없는 기쁨이었다. 그리고 많은 슈바벤의 젊은 시절 친구들이 그를 다시 찾아왔다. 그들 중에는 '제일 소중한 친구' 오토 하르트만도 있었다. 그러나 헤세를 찾아온 지 몇 주 안 되는 1952년 9월 어느 날, "가을의 명랑함과 소중한 추억 속에서, 농담과 유머로 가득한 감미로움과 우정으로 가득 찬 어느 날" 그는 세상을 떠나고 말았다.

전후에 헤세가 제일 기다린 손님 중에는 출판업자이며 친구인 페터 주어캄프가 있었다. 그는 형무소와 포로수용소에서 많은 것을 겪었다. S. 피셔의 '후계자이자 대리인으로서' 많은 힘든 일을 해 왔던 그는 이제 자기 출판사를 갖고 있었다. 헤세는 그를 신뢰하여 주어캄프 출판사의 작가가 되었다. 그 출판사에서는 1952년, 헤세의 75세 생일을 맞이하여 6권으로 된 전집을 냈고, 1957년에는 다시 제7권을 출판했다. 1959년 3월 31일, 세상을 떠난 '친구 페터'의 조사에서 헤세는 다음과 같이 말했다.

> 그의 일생은 전혀 다른 양극을 반영하고 있습니다. 그 하나는 뭔가 창조적이며 교육적인 일을 이루어 보려는 소망을 갖고 과감하게 활동하는 것이며, 다른 하나는 세계로부터 도피해 한적하고 조용히 지내는 것에 대한 동경입니다. 대화에서 또는 글 속에서 상투어가 되어 버리다시피 한 '진실한', '순수한' 또는 '은밀한' 독일이라는 말과 맞부딪치게 될 때 나는 페터의 크고 수척한 모습을 생각하게 됩니다.

2차 대전 이후 헤세는 무더운 여름을 실스마리아에서 자주 보냈다. 엥가딘의 풍경은 인간이나 정신 체험과 함께 그에게 중대한 경험이 되었고 그곳을 좋아하게 되었다.

> 나는 많은 풍경을 보아 왔고 거의 모든 풍경이 내 마음에 들었지만 나를 깊이 매혹해 제2의 고향으로 생각하게 하는 곳은 별로 많지 않았다. 이러한 풍경 중에서 가장 아름답고 가장 강렬한 영향을 끼친 곳은 북엥가딘이다.

《유리알 유희》는 헤세의 문학 중에서 가장 중요한 마지막 작품이 되었다. 1945년에 나온《꿈 여행(Traumfährte)》은 "1945년 여름의 아름다웠던 시간에 감사하면서 화가 에른스트 모르겐탈러에게 헌정"되었는데 1916년에서 1932년에 쓴 동화와 상징적인 단편을 한데 묶은 것이다. 이 작품집에는 〈마술사의 어린 시절〉, 〈짤막한 이력서〉 등의 자서전적 에세이가 들어 있으며 〈슈바벤 시절〉이라는 단편과 매혹적인 동화 〈새〉도 들어 있다.

여기 실린 12편의 단편은 모두 자서전적 성격을 갖고 있으며 그의 개인적인 친밀한 매력이, 깊은 의미와 함께 아이러니와 결합되어 있다.

종전 이후 헤세의 창작은 《만년 산문(Späte Prosa)》과

니논 헤세에게 헌정된 《회상(Beschwörungen)》 속에 묶여 있는데 짤막한 단편, 에세이, 시 몇 편, 편지, 일기, 관찰문 등이다. 이러한 유연하고 대가다운 산문 속에는 묘사와 회상과 추억이 서로 혼합되어 있다.

〈어느 풍경 묘사〉는 1946년~1947년 겨울, 요양을 위해 머물렀던 마린의 공원과 풍경을 할 수 있는 대로 자세히 묘사한 것으로 고전의 수준에까지 도달한 뛰어난 산문이며 〈거지〉 이야기는 어린 시절의 체험을 훌륭한 단편 예술의 경지로 승화시키고 있다. 과거의 것과 현재의 것이 총괄적으로 연결되어 한데 묶여 있으며 이러한 인생의 마지막 단계 속에 온 생애의 단일성이 완성되고 있다.

헤세의 인생은 위기와 새로운 출발로 이루어져 있지만 작품과 사상은 놀랄 정도로 처음부터 끝까지 하나로 일관되어 있다. 《헤르만 라우셔》에서 《유리알 유희》에 이르는 동안 그는 어떠한 외적 실존의 흔들림이나 변혁에도 개의치 않고 한 가지에만 끝없이 매달려 있었다. 자신의 마스크가 작품의 주인이었다.

그는 1930년 어느 독자에게 "나는 크눌프, 데미안, 싯다르타, 클링조어, 황야의 이리, 골드문트를 같은 형제로, 같은 테마의 변형으로 봅니다"라고 말한 바 있다. 24년 뒤 그는 작품의 공통 의미로서, 테마로서 개성의 옹호를 이야기하고 있다.

> 《페터 카멘친트》에서 《황야의 이리》, 《유리알 유희》에 이르기까지 내 작품들은 모두 개성의 그리고 개인의 옹호 또는 절규로 볼 수 있습니다.

개인 옹호, 강한 개성의 보호는 헤세에게는 문학의 과제일 뿐만 아니라 자기 존재에 대한 기본 개념이기도 했다. 자기 존재를 통해서 그는 개인적이고 정신적인 삶의 불멸성을 보여 주려고 했다. 거기에 그의 폭넓은 활동의 비밀이 숨어 있다. 헤세 작품의 의미는 문학 비평을 통해 쉽게 분석되거나 평가되지 않는다. 그의 작품은 문학을 멀리 넘어서고 있기 때문이다. 헤세는 자기 삶의 의문점과 서양의 위기를 민감하게 느꼈으며 거기서 많은 고통을 받았다. 그는 여러 번 자기를 집어삼킬 듯한 심연 가에 서 있었다. 그는 혼란에 빠뜨리는 힘을 다스리기 위해서 만년 작품들에서는 질서와 절제와 경외감과 조화의 세계를 보여 주려 애쓰고 있다.

혼란을 정리하는 데는 언어가 큰 역할을 한다. 그의 언어는 언제나 명확하고 단순하고 엄격하며 전통 속에서 굳어진 것으로 어두운 암호와 불가사의의 길을 거부하고 유유히 자기의 길을 가고 있다. 독자들이 환멸을 느낄 정도인 이 표현의 단순함에 도달한다는 것이 얼마나 어려운 일인지 이해하고 있는 사람은 드물다.

《동방 여행》의 서문에서 앙드레 지드는 이렇게 썼다.

> 헤세에게는 감정의 움직임이나 사상이 아니라 표현이 절제되고 있다. 그리고 언어를 절제하고 있는 것은 온당한 것, 조심스러운 것, 조화를 이룬 것에 대한 또는 우주와의 관계 속에서의 사물의 예속성에 대한, 정선된 감정이다. 그의 작품은 억제된 아이러니의 세계를 보여 주고 있는데 그것은 독일 작가로서는 힘든 것으로, 다른 독일 작가들은 너무 심각하게 문제를 다루기 때문에 작품에서 실패하는 경우가 허다하다.

1961년, 크리스마스 밤에 헤세는 〈옛날 천 년 전에〉라는 시를 썼는데 첫 행은 이렇게 시작된다.

> 불안하고 길 떠날 생각에 들떠
> 부서진 꿈에서 잠을 깬 채
> 나는 한밤중에 대나무들이
> 서로들 소곤대는 소리를 듣는다.

그것은 시인을 밤의 안식으로 이끌지 못한다. 그는 '옛 선로 길에서' 벗어나 무한 속으로 여행하고자 한다. 그는 옛 슈바벤 고향으로 되돌아가고 싶어 했다.

새처럼 나래를 펴고
나를 묶고 있는 속박에서 벗어나고 싶다.

그 시를 부인에게 주었을 때 부인은 깜짝 놀랐다. 이 시가 죽음에의 동경을 이야기하고 있음을 느꼈기 때문이다. 그는 겨울 내내 병을 앓았다. 그러나 11년간 자기를 돌봐온 모로 박사의 손길 속에서 자기가 오래전부터 출혈성 백혈병을 앓고 있음을 모르고 있었다. 85세 생일에 그는 몬타뇰라로부터 명예시민으로 추앙되었다. 그 명예가 그를 기쁘게 했다. 이탈리아어로 한 감사 연설 속에서 그는 몬타뇰라에서 보내면서 티치노와 콜리나 도로를 노래하던 지나간 40여 년을 회상하고 있다. 생일은 친구와 식구들만 참석한 채 단출하게 고트하르트 근처 파이도에서 보냈다. 40여 년 동안 진실한 친구였던 막스 바스머가 주관했다. 다른 해처럼 그해 여름도 실스마리아에서 보내려던 계획은 의사의 지시로 중지되었다. 겨울 동안 병은 어느 정도 나은 것 같았다. 그의 마지막 시 〈꺾인 가지〉의 마지막 행은 "한 해 여름만 더/한 해 겨울만 더"라고 끝나고 있는데 그는 이 시를 8월 1일에 처음 쓴 뒤 거기에 몰두해 두 번째 수정을 했다. 8월 8일 저녁에는 모차르트의 피아노 소나타를 들었고 부인은 평소 저녁때처럼 낭독을 해 주었다. 다음 날 아침 그는 잠을 자다 뇌일혈로 세상을 떠났다.

1962년 8월 11일 더운 여름 오후, 헤르만 헤세는 S. 아본디오 묘지에 묻혔다. 친구이며 헤세와 함께 70여 년 전에 마울브론에서 신학교를 함께 다녔던 학장 필터가 추도사를 했다.

수많은 사람들이 감사와 존경과 사랑의 말을 했다. 스위스 군복을 입은 두 손자와 두 아들이 관을 교회에서 묘지까지 운반했다.

헤세가 세상을 떠난 지 몇 주 뒤에 루돌프 알렉산더 슈뢰더와 루이스 무아예가 세상을 떠났고, 가을에는 에른스트 모르겐탈러가 그를 따랐다. 동방 여행자의 마지막 인물들이 이 세상을 떠나 새롭고 낯선 공간으로 가 버린 것이었다.

〈4월 밤에 쓴 시〉는 그해 초 세상을 떠나기 전에 쓴 시인데 마지막 연이 이렇게 끝나고 있다.

네가 사랑하고 추구했던 것,

네가 꿈꾸고 체험했던 것,

그것이 기쁨이었는지 고통이었는지

너는 확실히 알 수 있느냐?

G장조와 A단조, E단조와 D장조

이것을 귀로 구별할 수 있단 말인가?

헤르만 헤세 연보

1877 7월 2일 뷔르템베르크의 칼프에서 요하네스 헤세와 마리 군데르트의 둘째 아이로 탄생. 부친의 가문은 발틱계 독일인이고 모친은 슈바벤 스위스 혈통. 선교사였던 부친은 인도에서 잠시 선교 활동을 한 뒤 장인인 헤르만 군데르트를 도와 칼프에서 출판협회 일을 함.

1881~1886 바젤, 부친 요하네스 헤세는 그곳 선교 학교의 교사였음.

1886 집안이 칼프로 되돌아옴.

1890~1891 괴핑겐의 라틴어 학교.

1891 7월, 슈바벤의 국가고시에 합격.

1891~1892 수도원 마울브론 신학교 학생.

1892 3월, 신학교에서 도주. 5월부터는 여러 곳(바트볼, 슈테텐, 바젤)에 머뭄.

1893~1894 에슬링겐에서 서점 점원 노릇을 하다가 그 후 아버지의 조수로 일함.

1894~1895 칼프에 있는 탑시계 공장 페로트에서 견습공.

1895~1898 튀빙겐에 있는 헤켄하우어 서점에서 조수일.
루트비히 핑크와의 교우.
1898 《낭만적인 노래》
1898~1899 헤켄하우어 서점에서 점원.
1899 《자정 뒤의 한 시간》
1899~1903 바젤에서 서점원, 고서점원, 스위스 여행.
1901 첫 번째 이탈리아 여행(피렌체, 라벤나, 베네치아)
《헤르만 라우셔의 유작 시와 산문》
1902 모친 사망. 《시집》
1903 두 번째 이탈리아 여행.
1904 《페터 카멘친트》, 큰 성공과 명성. 마리아
베르누이와 결혼. 바우에른펠트상.
1904~1912 보덴호 근처 가이엔호펜에서 거주. 자유
작가며 많은 잡지의 편집자 《짐플리치시무스》,
《라인란데》, 《노이에 룬트샤우》 등. 이탈리아
여행. 각종 강연. 오트마르 쇠크와의 교우.
1905 아들 브루노 탄생.
1906 《수레바퀴 아래서》
1907 가이엔호펜에 자신의 집 건축. 《이쪽 편》
1907~1912 잡지 《메어츠》의 공동 발행인.
1908 《이웃 사람》

1909 아들 하이너 탄생. 브라운슈바이크에서 빌헬름 라베 방문.

1910 《게르트루트》

1911 《도상에서》, 아들 마르틴 탄생. 한스 슈투르체네거와 인도 여행.

1912 《우회로》

1912~1919 베른. 세상을 떠난 화가 알베르트 벨티의 집에서 살았음. 로맹 롤랑과의 교우.

1913 《인도에서》

1914 《로스할데》

1914~1919 '베른의 독일 포로 복지회'에서 활동. 《독일 전쟁 포로를 위한 일요 배달부》의 발행자(1916~1919). 《독일 포로 신문》과 《독일 전쟁 포로를 위한 잡지》의 공동 발행인.

1915 《크눌프》, 《길가에서》, 《고독자의 음악》

1916 부친 사망. 부인과 아들 마르틴 중태, 루체른 근처 존마트의 요양지에 체류. 《청춘은 아름다워》

1919 《데미안》을 필명 에밀 싱클레어의 이름으로 발표. 싱클레어란 이름으로 주어졌던 폰타네상을 되돌려 보냄. 《작은 정원》, 《동화》, 《자라투스트라의 귀환》

1919~1922 잡지 《비보스 보코》의 공동 발행.

1919 베른에서 티치노의 몬타뇰라로 혼자서 이주. 그 이전에 잠시 미누시오와 소렌고에 머뭄.
몬타뇰라에 있는 카사 카무치에서 지냄. 처음으로 그림에 몰두.

1920 《화가의 시》, 《클링조어의 마지막 여름》, 《방랑》, 《혼란을 보며》. 후고 발 부부와의 교우.

1921 《시 선집》

1922 《싯다르타》

1923 《싱클레어의 수첩》 스위스 국적을 가짐. 연초부터 바덴에 요양차 정규적으로 머무름.

1924 1월. 루트 벵거와 결혼.

1925 《요양객》

1925~1931 겨울 동안 자주 취리히에서 지냄.

1926 《그림책》 프로이센 작가 아카데미 회원이 됨.

1927 《뉘른베르크 여행》, 《황야의 이리》 50세 생일에 후고 발이 최초의 헤세 전기를 냄.

1928 《관찰》, 《위기》

1929 《밤의 위안》, 《세계 문학 안내》

1930 《나르치스와 골드문트》 프로이센 작가 아카데미에서 탈퇴.

1931 11월 니논 돌빈과 결혼. 몬타뇰라 주변에 한스 보드머가 헤세를 위해 지어 일생 동안 살도록 한 새집으로 이사. 《유리알 유희》에 착수.

1932 《동방 여행》

1935 《정원에서의 시간》. 고트프리트켈러상.

1937 《회고록》, 《신 시집》

1943 《유리알 유희》

1945 《꿈 여행》

1946 프랑크푸르트시의 괴테상, 노벨문학상. 〈괴테에 대한 감사〉, 《전쟁과 평화》.

1947 베른대학교에서 명예박사학위.

1950 빌헬름라베상.

1951 《만년 산문》, 《편지》

1952 《전집》 여섯 권.

1955 독일 서적회에서 주는 평화상 공로 훈장. 《회상》

1957 《전집》 7권.

1962 8월 9일. 몬타뇰라에서 사망.

지은이에 대해

베른하르트 첼러(Bernhard Zeller)는 1919년 목사의 아들로 태어나 튀빙겐 대학에서 독문학, 역사, 라틴어를 공부했다. 1948년 박사학위를 취득했다. 1953년부터 마르바흐에 있는 실러 국립박물관(Schiller-Nationalmuseum in Marbach)에서 근무했다. 1955년에 관장에 취임해 1985년까지 카프카, 헤세, 추크마이어 등 유명 작가들의 원고를 수집, 정리했다. 1993년 뷔르템베르크 주 협회의 명예 회원이 되었다. 역사적 사실을 꼼꼼하게 기록한 헤르만 헤세의 전기가 대표작이다. 그 외에 프리드리히 실러의 전기, 낭만주의 작가 에두아르트 뫼리케와 빌헬름 하우프의 동화집을 편찬, 발간했다. 2008년 사망했다.

옮긴이에 대해

박광자는 충남대학교 독어독문학과 명예교수다. 지은 책으로 《괴테의 소설》, 《헤르만 헤세의 소설》, 《독일 영화 20》, 《독일 여성 작가 연구》 등이 있다. 옮긴 책으로 《싯다르타》, 《수레바퀴 아래서》, 《벽》, 《산책》, 《얽힘 설킴》, 《헤세의 이탈리아》, 《헤세와 융》(공역), 《기만》, 《크리스마스 잉어》 등이 있다.

헤르만 헤세

지은이 베른하르트 첼러
옮긴이 박광자
펴낸이 박영률

초판 1쇄 펴낸날 2025년 1월 3일

커뮤니케이션북스(주)
출판등록 제313-2007-000166호(2007년 8월 17일)
02880 서울시 성북구 성북로 5-11
전화 (02) 7474 001, 팩스 (02) 736 5047
commbooks@commbooks.com
www.commbooks.com

ISBN 979-11-7307-513-1 03850

책값은 뒤표지에 있습니다.